LA POÉSIE
DES SOUVENIRS D'ENFANCE
CHEZ LAMARTINE

« Je ne le compare pas,
je le sépare. »
Alexandre Dumas.

THÈSE COMPLÉMENTAIRE

pour le Doctorat ès Lettres,
présentée à la Faculté des Lettres de l'Université de Paris

par Henriette LASBORDES,
Licenciée ès Lettres

PARIS
LIBRAIRIE ANCIENNE HONORÉ CHAMPION, ÉDITEUR
5, QUAI MALAQUAIS
—
1929

LA POÉSIE DES SOUVENIRS
D'ENFANCE CHEZ LAMARTINE

LA POÉSIE
DES SOUVENIRS D'ENFANCE
CHEZ LAMARTINE

> « Je ne le compare pas,
> je le sépare. »
> Alexandre Dumas.

THÈSE COMPLÉMENTAIRE

pour le Doctorat ès Lettres,
présentée à la Faculté des Lettres de l'Université de Paris

par Henriette LASBORDES,
Licenciée ès Lettres

PARIS
LIBRAIRIE ANCIENNE HONORÉ CHAMPION, ÉDITEUR
5, QUAI MALAQUAIS
—
1929

PREMIÈRE PARTIE

Poésie et Souvenirs

« Les poètes qui ont chanté la vie de l'âme ont tous eu quelque
« sentiment de la durée psychologique, de la réalité vivante et con-
« tinue dont nous avons une si intense certitude sans qu'elle soit
« l'objet d'aucune perception externe » (1).

« Les poètes qui ont chanté la vie de l'âme...... »

...et, au premier rang d'eux tous, sans doute, Lamartine.

A étudier, en effet, la poésie de Lamartine ; à essayer de découvrir l'élément essentiel, permanent, qui presque partout s'y
retrouve, on arrive à cette conclusion : que c'est la vision du passé,
l'évocation d'une image ancienne, mais toujours vivante, qui dresse
dans le présent la sensation joyeuse ou triste d'où naît sa poésie.
Il n'a cessé durant toute sa longue vie d'agrandir la minute actuelle
en la rattachant au passé lointain, en répandant sur elle, par le
souvenir, tout ce que son enfance avait eu de radieuses et pures
joies.

Son cas n'est pas unique, il est vrai. Chez tous les poètes, « le
« génie traduit la vie profonde, la vie amassée dans les profondeurs
« de l'âme, la vie entretenue dans le mystère des cryptes » (2) ;
chez tous les poètes aussi, l'importance des souvenirs d'enfance a
été une fois ou l'autre rappelée et signalée :

« Qui ne connaît les merveilleux privilèges de cet âge ? Tout
« pour lui est poésie, parce que tout est pour lui nouveau ; tout est
« objet de sympathie, parce que rien n'est venu encore l'avertir que
« tout n'est pas également digne d'être aimé. Il y a dans l'enfance
« une impartialité d'amour qui ne se rencontre à aucun autre âge

---

(1) Jean Hytier : *Le Plaisir Poétique*. Presses Universitaires, 1923, p. 74.
(2) E. Zyromski : *Eugénie de Guérin*, p. 171.

« et ne tient compte d'aucune distinction de caste et de rang » (1).

Pourtant, plus que tous les autres, Lamartine a sans cesse regardé en arrière, détournant les yeux de l'heure présente, pour les fixer sur l'aube joyeuse de son enfance.

Expliquer ce fait ; essayer tout au moins de découvrir une constante qui nous aiderait à mieux discerner les mouvements divers de ce retour vers le passé, c'est ce que nous voudrions faire, avant d'aborder l'étude des poèmes où nous trouverons, dans une réalisation parfaite, ce culte, cette passion du souvenir.

*
* *

Lamartine avait eu une claire et radieuse enfance. Très gâté par sa mère dont il nous a souvent dit la tendresse, la perfection et la grâce ; entouré de sœurs aimantes et douces ; dans une nature qui l'enchantait et dont il saisissait déjà l'harmonie et la beauté, il croîssait sans inquiétude, sans contrainte, effleuré sans cesse par les caresses des êtres et des choses. « Les vents sonores qui sortent « des forêts, et qui semblent conserver les bruissements de leurs « feuilles, tintaient par bouffées contre les vitres, et me faisaient « frissonner de délices et de souvenirs dans ma couche. Quand la « lune se répandait comme une silencieuse inondation de la lueur « du ciel sur les prairies, je me soulevais sur le coude pour m'égarer « en idée d'arbre en arbre et de ruisseau en ruisseau dans ces « vallées ; des flots de pensées, ou plutôt d'ombres de pensées, mon- « taient de ces horizons à mon âme. Je ne pouvais plus m'endormir ; « je plaignais ceux qui dormaient à côté de moi (2), et j'écoutais « avec une secrète pitié la respiration régulière de toutes ces poi- « trines assoupies, qui répondaient du dedans aux mélodies des « oiseaux, des moissons, des feuillages, des cascades du dehors. Il « y avait alors en moi des océans de choses vagues dont je ne savais « ni la nature, ni le nom et qui étaient déjà poésie » (3)...

« Le rythme m'enivrait déjà... Ces impressions auraient rendu le « rocher poète. Je le devenais davantage chaque jour, mais je ne « savais guère encore ce que c'était que la poésie » (4).

(1) Emile Montégut : *Ecrivains modernes de l'Angleterre*. T. I, George Eliot.
(2) Il était alors au Collège de Belley.
(3) *Souvenirs et Portraits*. Tome I, p. 66. Hachette.
(4) *Souvenirs et Portraits*. Tome I, pp. 82-83.

« La prédestination de l'enfant, c'est la maison où il est né ;
« son âme se compose surtout des impressions qu'il a reçues. Le
« regard des yeux de notre mère est une partie de notre âme qui
« pénètre en nous par nos propres yeux » (1).

« J'avais déjà dix ans que je ne savais pas encore ce que c'était
« qu'une amertume de cœur, une gêne d'esprit, une sévérité du
« visage humain... Aimer et être aimé, c'était jusque-là toute mon
« éducation... Mon éducation était toute dans les yeux plus ou
« moins sereins et dans le sourire plus ou moins ouvert de ma mère.
« Les rêves de mon cœur étaient dans le sien... Je n'avais jamais
« à lutter ni avec moi-même, ni avec personne. Tout m'attirait,
« rien ne me contraignait... J'avançais sans me sentir marcher.
« Ma pensée, toujours en communication avec celle de ma mère,
« se développait, pour ainsi dire, dans la sienne. Les autres mères
« ne portent que neuf mois leur enfant dans leur sein ; je puis dire
« que la mienne m'a porté douze ans dans le sien et que j'ai vécu
« de sa vie morale comme j'avais vécu de sa vie physique » (2).

« L'éducation maternelle m'avait fait une âme toute d'expan-
« sion, de sincérité et d'amour. Je ne savais pas ce que c'était que
« craindre, je ne savais qu'aimer. Je ne connaissais que la douce
« et naturelle persuasion qui découlait pour moi des lèvres, des
« yeux, des moindres gestes de ma mère » (3).

On comprend que la douceur et la tendresse d'une telle éducation n'aient cessé de rayonner jusqu'aux ultimes heures de sa vie.
La poésie de Lamartine, c'est la divine affection d'une mère, la chaleur rayonnante du foyer où s'attiédissent, et s'amollissent, peut-être,
les cœurs. C'est l'amour répandu à flots, baignant tout de sa
lumière, comme l'aurore ardente baignait côteaux, vignes et sillons.
Sources primitives et lointaines de cette vie, rafraîchissantes encore
aux jours de l'indicible tristesse et du malheur sans espoir.

> O famille ! ô mystère, ô cœur de la nature,
> Où l'amour dilaté de toute créature
> Se resserre en foyer pour couver des berceaux !

(1) *Confidences*. I, 19-20.
(2) *Confidences*. IV, 72-73-74.
(3) *Confidences*. VI, 102.

> Goutte de sang puisée à l'artère du monde,
> Qui court de cœur en cœur toujours chaude et féconde
> Et qui de ramifie en éternels ruisseaux...... » (1)

****

Un philosophe a écrit : « En réalité, ce que nous sommes aujour-
« d'hui, si nous sommes quelque chose de réel, c'est la suite de ce
« que nous étions hier ; supprimez tout à fait ce que nous étions
« hier, je crois que la logique nous oblige à dire qu'aujourd'hui
« sera supprimé... L'histoire fait un pas de plus... et dit... que le
« passé existe comme une réalité, qu'il a autant d'existence et d'im-
« portance que la réalité d'aujourd'hui » (2).

Ainsi donc, le passé conditionne le présent ; mais le présent, à
son tour, n'est pas sans action sur le passé. Le présent corrige le
passé, peut corriger le passé, en modifiant le jugement que nous
portons sur lui. Le passé ne se voit pleinement qu'à la lumière du
présent ; or cette lumière change sans cesse et le change sans cesse.
Plus le présent est doux, lumineux et clair, plus nous laissons
l'ombre s'épandre sur le passé. Baignés dans la clarté rayonnante
qui nous enveloppe de toutes parts, la pâle lumière lointaine ne
nous attire plus. Le bonheur et ses dons magnifiques nous font
vivre dans le présent, nous lient au présent, aux jours radieux dont
chaque minute nous est une joie. Mais viennent souffrances, misères
et deuils, la lueur ancienne semble s'aviver à nouveau, nous allons
à elle comme à l'étoile, et le passé s'irradie et s'enchante de toute
la clarté que perd l'heure présente.

En réalité, « la formation du souvenir n'est jamais postérieure
« à la perception : elle en est contemporaine. Au fur et à mesure
« que la perception se crée, son souvenir se profile à ses côtés,
« comme l'ombre à côté du corps. Mais la conscience ne l'aperçoit
« pas d'ordinaire, pas plus que notre œil ne verrait notre ombre s'il
« l'illuminait chaque fois qu'il se tourne vers elle   (3).

Telle semblerait être la loi que nous découvre la poésie de
Lamartine. A mesure que la vie lui enlève les êtres qui faisaient sa

---

(1) *La Vigne et la Maison.*
(2) Pierre Janet : *L'Evolution de la Mémoire et de la notion du temps.* Tome III,
p. 599.
(3) Bergson : *L'énergie spirituelle,* p. 138.

joie et les biens qui aidaient à cette joie, son culte du passé devient
plus fervent, plus belle l'image qu'il en retrace. Il l'avait toujours
aimé, ce passé ; et c'est justement ce trait de sa nature que nous
cherchons à expliquer. Mais à certain jour, brutalisé par la vie présente, il ne résiste plus à cette emprise, il ne se défend plus contre
les séductions du passé. Le poète se livre au mirage des jours anciens ;
ses facultés comme annihilées, il ne voit plus les justes proportions
des choses. Et c'est alors qu'apparaîtront dans son œuvre ces pages
où s'étale ce qu'on a pu appeler la fatuité de Lamartine, ces portraits sans cesse repris du bel adolescent qu'il fut sans doute, et qui
choquaient la réserve envieuse de Sainte-Beuve. Il recherche dans
le passé, il met dans le passé, tout ce que l'heure présente lui refuse.
Sa fille morte ; plus tard, morts aussi ses grands rêves de gloire,
l'avenir disparaît à ses yeux.

La force que donne la joie ; cette force qu'il faut bien avoir
pour résister, dans la douleur présente, aux séductions, aux appels
enchanteurs du passé, Lamartine ne l'a plus. Bergson écrit dans
« L'Energie spirituelle » : « *La joie montre que la vie a réussi* » (1).
Alors, quand on n'a pas de joie, c'est sans doute que la vie n'a pas
réussi, qu'il est vain de continuer à lutter, à faire effort, à souffrir ; qu'il n'y a plus qu'à plier les voiles, à rêver et mourir dans
l'anse natale, ou se chauffer à la flamme lointaine dont la lueur vient
encore à nous.

« Je vois mourir, je vois pleurer, je vois aimer, je vois ce qui
« s'aime lentement déchiré par la mort. J'ai dans le cœur mille
« abîmes qui se couvrent de silence et d'indifférence, et je sens
« les années se raccourcir et couvrir de l'ombre suprême les der-
« nières choses éclatantes que j'aurais aimé à cueillir » (2).

*
* *

De plus en plus, les études récentes sur l'Esthétique, la poésie,
l'inspiration, mettent en évidence la part du tempérament, de la

----

(1) « La joie annonce toujours que la vie a réussi, qu'elle a gagné du terrain,
« qu'elle a remporté une victoire : toute grande joie à un accent triomphal. » Bergson :
L'Energie spirituelle, p. 24.

(2) Lamartine à Madame de Girardin. 16 juillet 1841. Cité par Charles Fournet :
Lamartine et ses amis suisses, p. 110.

physiologie, dans la création artistique. Pour créer, dit-on, il faut être fort; il faut sentir en soi la vie magnifique, cet afflux d'énergie qui, décuplant nos puissances vitales, oblige presque à produire, à créer (1).

Mais n'y aurait-il que cette loi, et l'être ne voudrait-il pas créer, parfois, justement parce qu'il se sent menacé, prêt à mourir ? N'y aurait-il que les forts à vouloir enfermer dans une œuvre d'amour les derniers sursauts de leur cœur ? Etre faible, comme couché sur la terre, sans résistance, à la merci du monde, ne serait-ce pas le meilleur moyen d'en percevoir les bruits infinis, la tendresse et les frissons ? L'artiste par excellence, ne serait-il pas aussi celui qui ne résiste pas, qui se donne et qui se livre, ouvrant les bras à tous les dons ? N'est-on pas plus sensible, si l'on est moins fort, en présence de la grande force du monde ? Pour vibrer aux rythmes universels, il faut un degré de sensibilité, de tendresse et d'amour, de résonance passive qui s'accorderait mal avec l'extrême vigueur physique (2).

« Le degré de dynamogénie d'un être ne dépend pas seulement
« du degré d'excitation, mais aussi du degré *d'excitabilité*, autre-
« ment dit d'irritabilité, de sensibilité de l'organisme excité... Un
« organisme est d'autant plus dynamogène qu'il est plus excitable.
« Et comme, d'autre part, il est d'autant plus excitable qu'il est plus
« en déficit, plus appauvri, plus menacé, nous arrivons à cette con-
« clusion à première vue bizarre, que *l'organisme est d'autant plus*
« *susceptible de dynamogénie qu'il est plus appauvri...* Des sensi-
« tives, nourries dans un terrain gras, deviennent si peu irritables
« qu'elles ne réagissent même pas à des coups de bâton ; celles, au
« contraire, qui sont nourries dans un terrain maigre et se trouvent
« en déficit constant, deviennent extrêmement irritables... au point
« de se replier dès qu'on chuchote dans leur voisinage...

« Les adeptes de Lombroso auront à réfléchir sur ce point :
« qu'une certaine débilité physiologique, en développant d'autant

(1) « Le chant est un symptôme d'équilibre; il est une victoire sur le trouble, il
« est le retour de la force. » Amiel: *Journal*, II, p. 208.

(2) Cf. Th. Ribot : « La tristesse appartient de droit au groupe des émotions dépres-
« sives, et pourtant elle a autant d'influence qu'aucune autre sur l'invention. Ne sait-on
« pas que la mélancolie et la douleur profonde ont fourni aux poètes... leurs plus
« belles inspirations. » *L'imagination créatrice*, p. 29.

« l'excitabilité, est capable de produire des dynamogénies plus fortes
« qu'un organisme... richement constitué » (1).

La confusion et l'apparente contradiction de ces théories
viennent de ce qu'on unifie trop le génie littéraire ; on veut réduire
à un seul mode des procédés créateurs qui ont peut-être des causes
opposées. Des créateurs comme Shakespeare, Balzac, Flaubert, ne
veulent pas même chose, ne font pas même chose, qu'un Lamartine
ou uh Sully Prudhomme. Et sans exagérer la passivité du poète qui
se détachant peu à peu du présent se livre sans résistance à l'inva-
sion des souvenirs, ne faut-il pas voir pourtant dans son attitude
créatrice quelque chose d'assez différent de celle qui apporte à l'être
lady Macbeth, Grandet ou Monsieur Homais ?

Chez Lamartine, manque de joie, de force, d'élan, pour travailler et vaincre dans la lutte présente, Alors, l'évasion dans le souvenir, et la soumission à ses lois. Et plus la destinée sera marâtre,
plus le poète jadis fêté comme un jeune dieu, se livrera sans résistance à l'emprise du passé (2).

Au début, dans sa première jeunesse, et plus tard même, nous
savons bien que Lamartine n'aurait pas boudé l'action, et qu'il
aurait eu en lui, à un égal degré, le goût de la rêverie et cet attrait
pour l'action qui caractérise peut-être tous ceux qui aiment fortement
et qui voudraient être fortement aimés. En étudiant ses poésies,
nous signalerons, quand nous les rencontrerons, ces velléités de con-
duire et de guider les foules. Mais plus se troublera le présent et
s'obscurcira l'avenir, plus le poète, oubliant l'heure présente, se
réfugiera dans le passé. Grand-père comme Victor Hugo, ou sachant
seulement qu'il le serait un jour, aurait-il écrit tant de vers où
s'étalent le culte du passé, l'indifférence ou le dédain du présent et
de l'avenir ?

« Quand on écrit que les gens heureux n'ont pas d'histoire, peut-
« être énonce-t-on une vérité ; mais cette vérité serait plus accordée
« à nos recherches et plus proche de nos préoccupations si l'on con-

______

(1) Bourguès et Dénéréaz : *La Musique et la Vie intérieure*, Paris 1922, 8-9.
(2) « Tu es triste d'esprit ? Ah ! mon ami, je le suis plus que toi. Ta vie a des
« racines et des fruits, la mienne n'a qu'un tronc stérile, orné de feuillages rapportés,
« qui se détacheront chaque jour » Lamartine à Virieu. Novembre 1856. *Correspondance*. III.

« sentait à modifier la formule en disant : « les gens heureux ne se
« racontent pas d'histoires » (1).

Lamartine nous a dit lui-même que l'automne était la saison
qui, plus que toute autre, l'inspirait (2). Dans cet affaiblissement,
dans cette langueur, dans cette mort des choses, ne trouvait-il pas
comme un écho des sentiments de tristesse et de deuil qui pleuraient
en lui ? En automne, la sève et la force semblent abdiquer ; devant
les coups meurtriers du froid, la vie se retire invisible, sous l'écorce
et dans les racines. Pour le poète blessé aussi, les bras ne se tendent
plus vers l'avenir ; il les ferme étroitement sur son cœur où dorment
ses premières et ses dernières joies. Il ne combat plus, il ne résiste
plus. Il s'arrête et ferme les yeux. Et quand les visions du monde
ne viennent plus refouler le flot des souvenirs, le poète est comme
baigné dans leur onde rafraîchissante.

> ...... de ces hauteurs rappelant ma pensée,
> Ma mémoire ranime une trace effacée,
> Et, de mon cœur trompé, rapprochant le lointain,
> A mes soirs pâlissants rend l'éclat du matin,
> Et de ceux que j'aimais l'image évanouie
> Se lève dans mon âme, et je revois ma vie. (3)

« Pour évoquer le passé sous forme d'image, il faut d'abord
« s'abstraire de l'action présente, il faut attacher du prix à l'inutile,
« il faut vouloir rêver et créer » (4).

Le poète de « *la Vigne et la Maison* » s'est depuis longtemps
abstrait de l'action présente ; il sait attacher du prix à l'inutile,
puisque, pour lui, rien n'est désormais utile ; il veut rêver, et comme
le don poétique subsiste toujours en lui, il veut et peut **créer**.

Voilà sans doute quelques-unes des raisons qui ont fait de Lamartine le poète du souvenir.

*
* *

L'inspiration est l'éveil d'éléments anciens sis au fond de l'être.
C'est pourquoi, comme on l'a dit, « pour écrire un seul vers, il
« faut avoir vu beaucoup de villes, d'hommes et de choses ; il faut

---

(1) Frédéric Lefèvre : *Les matinées du Hêtre Rouge*, p. 176.
(2) « Lamartine appelait l'automne « *la saison de l'âme* ». Jean des Cognets. *La
vie intérieure de Lamartine*, p. 265.
(3) *Novissima Verba*.
(4) Frédéric Lefèvre : *Les Matinées du Hêtre Rouge*, p. 151.

« connaître les animaux, il faut sentir comment volent les oiseaux,
« et savoir quel mouvement font les petites fleurs en s'ouvrant le
« matin ....

......« Et il ne suffit pas d'avoir des souvenirs. Il faut savoir les
« oublier quand ils sont nombreux, et il faut avoir la grande
« patience d'attendre qu'ils reviennent. Car les souvenirs eux-
« mêmes ne sont pas encore cela. Ce n'est que lorsqu'ils deviennent
« en nous sang, regard, geste, lorsqu'ils n'ont plus de nom et ne se
« distinguent plus de nous, ce n'est qu'alors qu'il peut arriver qu'en
« une heure très rare, du milieu d'eux, se lève le premier mot d'un
« vers » (1).

« Cet état où la sensation se dissout dans l'émotion, où l'artiste
« revêt les choses de sa propre couleur affective, est devenu habituel,
« constant, dans la forme d'art aujourd'hui désignée par le nom de
« symbolisme » (2).

Ainsi, l'artiste crée avec ce qui est le plus intimement, le plus
profondément *lui*. Dans l'éveil que l'inspiration donne à toute sa
nature, il sent s'aviver et vivre intensément les éléments obscurs
qui soulèvent les assises originelles.

« Au printemps, a-t-on dit, les forêts futures palpitent, invi-
« sibles, aux bourgeons que vient d'ouvrir l'aurore ». A toute sensation qui une fois s'éveilla dans l'être, frémit et s'accroche l'œuvre
qu'élaboreront les jours, que mûriront les heures ardentes pressenties dans l'émoi et la tendresse des matins.

« On ne fait pas la poésie, on la trouve dans son cœur », a dit
« Lamartine ; « et ce qui fait sa vie, ce qui donne son charme et sa
« beauté à la poésie, ce qui fournit sa matière au poète... ce sont
« les circonstances fugitives qui ne reviendront plus, ce sont ces
« visions poursuivies et chéries que les yeux d'aucune génération
« ne reverront, ce sont ces couleurs et ces formes que le temps créa
« et fit disparaître » (3).

« ...... Ce sont des circonstances indéfinissables, des rencontres
« occultes, des faits qui ne sont visibles que pour un seul, d'autres
« qui sont à ce seul si familières ou si aisées qu'il les ignore, qui
« font l'essentiel du travail. On trouve facilement par soi-même que

(1) Rainer Maria Rilke : *Cahiers de Malte...* Traduction M. Betz, pp. 24-25-26.
(2) Th. Ribot : *La Logique des sentiments*, p. 163.
(3) Emile Montégut : *Types littéraires et fantaisies esthétiques*, I.

« ces événements incessants et impalpables sont la matière dense de
« notre véritable personnage » (1).

Il faut avoir senti pour rendre son impression. Diderot a écrit
quelque part : « Pour que l'artiste me fasse pleurer, il faut qu'il ne
« pleure pas ! ». Mais, a-t-on répondu avec raison, « il faut *qu'il
ait pleuré* : il faut que son accent garde l'écho des sentiments éprou-
«vés et disparus » (2).

La nature du souvenir, encore mal connue ; une vue plus complète des lois qui président à sa formation et à sa conservation éclai-
reraient sans doute d'une lumière inattendue le problème encore
neuf de la création poétique : « Au fond, la poésie de l'art se ramène
« en partie à ce qu'on appelle « *La poésie du souvenir* » (3).

*
* *

Mais dans ces lents dépôts qui sembleraient devoir être, plutôt,
une stratification que les jours écoulés mettent au fond de nous
comme des couches successives dont la dernière, seule, à chaque
instant, paraîtrait devoir revivre, pourquoi, soudain, cet éveil, cette
éclosion de germes si anciennement enfouis ? D'où cette vie latente
qui n'a cessé de vivre, inconsciente, mais inaltérée, menant à côté
de la vie active, bruyante, qui seule semble posséder l'être, d'où
cette vie plus libre, indépendante même, dont on se demande qui
préside à ses choix, à ses arrêts, à ses caprices, quand on la voit un
jour révélant ses richesses insoupçonnées, si merveilleusement
fécondes, lucides et claires ?

« Malheureusement, il n'y a rien de plus compliqué, dans les
« études philosophiques et psychologiques, que la mémoire. C'est
« une fonction dont on reconnaît toujours l'importance. On la re-
« trouve partout ; on lui attribue une foule de conséquences capi-
« tales. Revoyez le livre d'Eichthal : « *Du rôle de la mémoire dans*

____

(1) Paul Valéry : *Variété : Au sujet d'Adonis*, p. 69. Cf. Vigny : « Lorsqu'une idée
« neuve, juste, poétique, est tombée de je ne sais où dans mon âme, rien ne peut
« l'en arracher, elle y germe comme le grain dans une terre labourée sans cesse par
« l'imagination. En vain, je parle, j'écris, j'agis....., je la sens pousser en moi, l'épi
« mûrit et s'élève, et bientôt il faut que je moissonne ce froment. » *Journal d'un poète.*
Nouvelle édition, revue et augmentée par Fernand Baldensperger. London, 1928.

(2) J.-M. Guyau : *Pages choisies des grands Ecrivains*. Librairie Armand Colin, 1895,
p. 26.

(3) J.-M. Guyau : *Ouvrage cité*, p. 23.

« *nos conceptions métaphysiques, esthétiques, passionnelles, actives* »
« (1920). D'après ce petit livre, on pourrait dire que la pensée
« humaine tout entière, toutes les idées morales, toutes les idées phi-
« losophiques, dérivent de la mémoire.

« Il y a peut-être là pas mal d'exagération... Il n'en est pas
« moins vrai que la mémoire intervient partout et que nous ne savons
« pas très bien ce que c'est » (1).

Mais nous qui dans la création artistique et la genèse poétique,
attribuons tant au travail de la mémoire et du souvenir, n'essayerons-
nous pas de découvrir la loi de ces forces mystérieuses ?

Un philosophe-poète, J.-M. Guyau écrivait à ce sujet :

« En ce qui concerne l'effet produit par l'éloignement dans le
« temps, une question préalable se présente, celle qui concerne l'effet
« esthétique du souvenir, — du souvenir, qui est, en somme, une
« forme de la sympathie avec soi-même, la sympathie du moi **présent**
« pour le moi passé — ...... Le souvenir est de toutes les représen-
« tations la plus facile, celle qui économise le plus de force ; le
« grand art du poète ou du romancier, c'est de réveiller en nous des
« souvenirs... Le temps agit le plus souvent sur les choses à la
« manière d'un artiste qui embellit tout en paraissant rester fidèle,
« par une sorte de magie propre.

« Voici comment on peut expliquer scientifiquement ce travail
« du souvenir. Il se produit dans notre pensée une sorte de lutte
« pour la vie entre toutes nos impressions ; celles qui ne nous ont
« pas frappés assez fortement s'effacent, et il ne subsiste à la longue
« que les impressions fortes... Autour des traits saillants, l'ombre se
« fera, et ils apparaîtront seuls dans la lumière intérieure. En
« d'autres termes, toute la force dispersée en des impressions secon-
« daires et fugitives se trouvera recueillie, concentrée ; le résultat
« sera une image plus pure, vers laquelle nous pourrons pour ainsi
« dire nous tourner tout entiers...... ; toute perception indifférente,
« tout détail inutile nuit à l'émotion esthétique ; en supprimant ce
« qui est indifférent, le souvenir permet donc à l'émotion de gran-
« dir... Le souvenir est ainsi comme un jugement porté sur nos
« émotions... ; les plus faibles se condamnent elles-mêmes, en s'ou-
« bliant » (2).

(1) Pierre Janet : *L'Evolution de la mémoire et de la notion du temps.* Tome II.
p. 183.

(2) J.-M. Guyau : Ouvrage cité, pp, 22-23-24.

Il semble admis, aujourd'hui, que la création artistique, loin d'être comme certains l'avaient cru, un produit né de forces diverses, externes, comme « *la race, le milieu, le moment* », soit au contraire une diversion, une libération, une « *évasion* » hors de ces lois contraignantes qui étoufferaient la seule chose que nous possédions en propre, notre « *moi* » profond, intangible, inaltérable, et qui peut, à un moment donné, se dresser seul, avec ses puissances insoupçonnées, contre l'élément matériel qui paraissait l'avoir supprimé ou étouffé.

« Lorsque Dieu, eut placé l'homme créé libre, dans le monde « sorti de ses mains, il vit qu'il serait vraiment trop malheureux, « s'il restait livré à ses propres efforts... Alors, il reprit son âme, « en détacha une partie et la conserva dans son sein pour la lui « rendre dans les occasions qu'il marquerait et lui porter de temps « à autre des nouvelles du monde idéal. Il voulut qu'il y eût une « partie de l'homme qui agit en lui sans participation de sa « volonté... ; grâce à cette pitié divine, l'homme est donc visité par « des forces qui lui sont inconnues » (1).

L'art est donc la découverte de son vrai « *moi* » profond, primitif, originel, resté pur de toutes les altérations qu'impose ailleurs la vie (2). Il est par là libération et délivrance.

On dit : « L'art exprime la société au milieu de laquelle il est né ». Mais a-t-on remarqué le sens infiniment équivoque et complexe du mot : *exprimer* ?

« *Exprimer* » veut bien dire : « énoncer en termes exprès. Représenter par le style, le dessin ou la musique. Manifester, faire connaître » (3), mais aussi : « Extraire la liqueur de certaines choses en les pressant », supprimer, enlever, faire disparaître, comme on dit : exprimer le jus d'un citron, exprimer le jus du raisin. Ainsi donc, l'œuvre d'art serait l'expression unique et profonde de nous-mêmes, une fois que nous en aurions *exprimé* tout l'accidentel, l'éphémère, l'artificiel ; une fois que nous nous serions débarrassés de ces produits secondaires qui si souvent nous étouffent.

Vigny écrivait : « Jamais mon esprit n'est plus libre que quand

(1) Emile Montégut : *Types littéraires*, pp. 39-40.
(2) Cf. Vigny : « La beauté souveraine n'est-elle pas cachée, toute formée, derrière « quelque voile que nous soulevons rarement et où elle se retrouve? « *Inventer* » n'est-« ce pas *trouver? Invenire* ». *Journal*, 1835. Ed. Baldensperger, p. 103.
(3) *Dictionnaire Littré*.

« l'œuvre que je fais n'a nul rapport avec ma situation présente. Et
« j'ai toujours un tel effroi du présent et du réel dans ma vie que
« je n'ai jamais représenté par l'art une émotion douloureuse ou
« ravissante dans le temps même que je l'éprouvais, cherchant à
« fuir dans le ciel de la poésie cette terre dont les ronces m'ont à
« chaque pas déchiré les pieds trop délicats peut-être et trop faciles
« à faire saigner » (1).

Ainsi donc, l'œuvre d'art, sa création et sa genèse, dévoileraient
la plus magnifique réserve de forces psychologiques et spirituelles
qu'on ait jamais soupçonnées. L'œuvre d'art dresse dans le monde,
non plus « l'expression de la société » — celle-là, ce sont toutes les
forces matérielles et mécaniques qui la dressent et la révèlent —,
mais l'expression d'une force spirituelle, du vouloir-vivre le plus
permanent, le plus inaltéré de l'être qui soudainement retrouve au
fond de lui ses puissances originelles, ses primitives et indestructibles exigences (2).

Or, ce moi profond, essentiel, qui crée avec la liberté et l'indé-
pendance d'un dieu, n'a pas été formé et achevé tout d'un coup,
dans sa riche puissance, dans ses ressources, dans ses dons. La lente
beauté des choses ; leurs révélations successives ; la tendresse,
l'amour, la vie et les printemps partout répandus, ont fait croître
sans cesse, grandir, se développer le germe invisible devenu par
là-même cette accumulation de réserves dont nous parlons (3).

Souvenirs, si vous voulez ; mais en agrandissant considérable-
ment le sens donné à ce mot. Souvenirs ; ou plutôt : lente richesse
accumulée dans l'âme, triée inconsciemment au fil des jours par
cette activité foncière qui ne retient, des visions successives du
monde, que ce que ses tendances originelles, à peine formulées,
mais déjà infaillibles comme un instinct, lui ont révélé conforme
à ses primitives, futures et éternelles exigences.

Plus tard, dans la minute illuminatrice de l'inspiration, s'éveil-
leront et s'aviveront à nouveau, et simultanément, ces exigences à

(1) Vigny : *Journal*, 1830. Ed. Baldensperger, p. 25.

(2) « Le propre du génie poétique consiste..... à deviner en soi, sous tous les phé-
« nomènes moins essentiels, l'étincelle primitive de vie et de volonté. » J.-M. Guyau :
Pages choisies des grands Ecrivains. A. Colin, p. 30.

(3) Cf. Gœthe : « On ne se rend pas facilement compte de ce que les circonstances
« doivent faire pour l'artiste ; même avec le plus grand génie, le talent le plus complet,
« ce qu'il doit exiger de lui-même est infini, incroyable l'application qu'exige son
« développement. » *Wilhem Meister*. Tome II, p. 86. Edition Charpentier.

peine pressenties, et les ressources jeunes, intactes parce que cachées, qu'elles se sont lentement constituées.

*
* *

L'œuvre d'art, toute œuvre d'art, serait donc ainsi la défense naturelle de l'être, de ses puissances spirituelles, contre les forces presque toujours contraignantes du monde et de la société. Un moyen de défense de l'être contre les forces hostiles qui de partout menacent nos plus intimes et nos plus fragiles trésors.

Dans *Le Temps retrouvé*, telles semblent bien être les explications dernières — ou premières — que Marcel Proust donne de la création artistique.

Pour lui, en effet, « l'art seul permet de communiquer à autrui, « dans la mesure où cela est possible, ce qui, de la vérité, nous a « été révélé de plus profond et personnel » (1).

Proust veut nous livrer, nous rendre comme sensible, l'impression qu'il eut trois ou quatre fois dans sa vie, de revivre soudainement le passé, avec tout le halo de joie, de tristesse ou de rêve qu'il avait en réalité comporté, ce qui rendait pour lui presque indiscernables le temps présent et le temps ainsi « retrouvé ».

Or, cette sensation aiguë, suraiguë, du passé soudainement revêcu, était due à l'évènement le plus fortuit, « une madeleine « trempée dans le thé, pâtisserie qu'il n'avait jamais plus goûtée, « depuis qu'enfant sa tante lui en offrait une le dimanche, avant « la messe... C'est deux pavés inégaux contre quoi il butte dans la « cour d'un hôtel parisien, et qui font surgir devant ses yeux « Venise..., à cause d'une inégalité identique qu'il a ressentie sur « les dalles du baptistère de Saint-Marc » (2).

« L'être qui alors goûtait en moi cette impression la goûtait en « ce qu'elle avait de commun dans un jour ancien et maintenant, « dans ce qu'elle avait d'extra-temporel, un être qui n'apparaissait « que quand, par une de ces identités entre le présent et le passé, « il pouvait se trouver dans le milieu où il put vivre, jouir de « l'essence des choses, c'est-à-dire en dehors du temps » (3).

Or, « il fallait tâcher de faire sortir de la pénombre ce que

<hr>

(1) Armand Pierhal : « Notes sur *Le Temps retrouvé*, dans les « Nouvelles littéraires. »
(2) Armand Pierhal.
(3) Marcel Proust : *Le Temps retrouvé*, II, p. 14.

« j'avais senti, de le convertir en un équivalent spirituel... Ce moyen
« qui me paraissait le seul, qu'était-ce autre chose que faire une
« œuvre d'art ». Ainsi, l'œuvre d'art est le déchiffrage « de ce qui
« devrait nous être le plus précieux, et de ce qui nous reste d'habi-
« tude à jamais inconnu, notre vraie vie, la réalité telle que nous
« l'avons sentie » (1).

*
* *

Si un esprit critique passionné d'observation intérieure comme
l'était Proust a jeté ce coup de sonde dans la genèse de son œuvre,
on peut généraliser sans doute la portée de son observation et reconnaître dans toute œuvre d'art, quelle qu'elle soit, comme une tranche
de vie, plus ou moins élaborée, une revivification soudaine des éléments psychologiques enfouis le plus profondément dans la trame
mystérieuse, presque jamais explorée, de l'être.

*
* *

De même, avec un virtuose du souvenir comme le fut Lamartine, il n'est pas difficile de discerner la part de ce facteur dans
l'œuvre qu'il a laissée, dans toute son œuvre, prose et vers. Le cas
est unique, et, poussée à ce degré, l'importance des éléments: passé
et souvenirs, s'imposerait même aux plus inattentifs.

Beaucoup moins sensible chez d'autres poètes, il reste pourtant
que ce travail du souvenir, inconscient ou clairement discerné, se
retrouve en toute poésie. Nous ne répéterons pas ce que nous avons
dit dans notre premier travail sur l'inspiration, son éclosion soudaine, son jaillissement parfois si riche, et qui semble bien mettre
au jour les éléments les plus cachés, ignorés du poète lui-même, ou
dont il ne sait rien, sinon que ce n'est pas la minute présente qui
l'alimente, mais que, source soudainement révélée, elle apporte tout
d'un coup à la lumière, dans la beauté tremblante d'une jeune
aurore, la lente accumulation de tout ce qui fut une fois, vision,
tristesse, joie, amour ou haine, frissons invisibles et qui sans cesse
font palpiter l'être, comme une lumière fait palpiter l'ombre mystérieuse du recoin le plus obscur.

*
* *

(1) Marcel Proust : *Le Temps retrouvé*, II, pp. 24-28.

Vigny qui, dans le « *Journal d'un poète* », nous a si souvent renseignés sur la naissance et la genèse de ses poèmes, met au premier plan l'importance du souvenir quand il dit que rien de ce qu'il a une fois aperçu ne peut désormais sortir de sa mémoire.

« Echo sonore » mis au centre des choses. Victor Hugo n'a cessé de répercuter les bruits du monde, et dans son imagination splendide si puissamment créatrice, il n'a cessé de mêler, de brasser les éléments de toutes natures que sa curiosité avide captait dans l'espace immense. A voir la lave brûlante qui sortait de son génie comme toujours sous pression, dans la seconde moitié de sa vie surtout, on peut mesurer la richesse, la diversité, la fécondité des éléments tumultueux qui font la coulée jamais interrompue de son inspiration créatrice. Hommes et choses, il a toujours épuisé ce qui vivait autour de lui (1).

C'est non seulement « ce qui se passait aux Feuillantines » qui l'a instruit et commença l'accumulation des inépuisables richesses. Partout, toujours, tout le long de ses jours nombreux et voyageurs, il n'a cessé de puiser comme à pleines mains dans tous les spectacles et dans tous les bruits du monde. Enfant, puis jeune homme, puis homme mûr, vieillard enfin, mais avec toujours la vigueur et la force d'un chêne qui couvre la colline et puise d'elle, par elle, tous les éléments vitaux élaborés dans les couches profondes du sol ou apportés par les jeunes brises, il n'a cessé de capter, de recueillir, de mêler et de fondre les harmonies et les desharmonies du monde.

>...... Au bord du grand chemin ta vie est une cible
> Offerte à tout venant,
>
> Où cent flèches toujours sifflant dans la nuit noire,
> S'enfoncent tour à tour,
> Chacun cherchant ton cœur, l'un visant à ta gloire,
> Et l'autre à ton amour !
>
> Mais va, pour qui comprend ton âme haute et grave,
> Tu n'en es que plus grand. (2)

*
* *

---

(1) Cf. Vigny : « Victor Hugo qui, depuis qu'il est au monde, a passé sa vie à aller « d'un homme à un autre pour les écumer. » *Journal*. Ed. Baldensperger, p. 19.
(2) Victor Hugo : cité par Maurice Levaillant. *Tristesse d'Olympio*, p. 51.

Mais à tant recueillir et à tant conserver, n'y a-t-il pas peut-être une tristesse ? N'est-ce pas justement par là qu'on sent et qu'on mesure la fuite du temps ? A se souvenir toujours, à revivre toujours, à comparer toujours, ne prend-on pas une conscience aiguë, douloureuse, de l'écoulement et de la fuite éternelle des choses ? Ne rien oublier, ne serait-ce pas justement ce qui fait la tristesse profonde de la vie, à renfermer, à enfouir, comme dans un tombeau, tout ce qui fut souffrance ou allégresse, au lieu de le laisser se perdre, disparaître, mourir ou rayonner dans l'air immense et lumineux ?... Retenir, garder, conserver, remâcher sans cesse, quand on pourrait vivre comme l'insecte dans la raie éphémère et claire des jours, de chaque jour, sans traîner derrière soi l'ombre éternelle du passé ?

Eh bien, non ! Il vaut mieux se souvenir. Dans la fuite ininterrompue des jours qui rapidement nous poussent, faisant toujours plus étroite la place que nous occupons, nous n'avons, pour vivre vraiment, que la grande ombre immense du passé. Souffrir de se sentir mourir ? Non. Mais, au contraire, se sentir grandir de toutes ces poussières mortes à qui nous pouvons encore donner la vie, la frémissante, et chaude, et lumineuse vie, par la tendresse et par l'amour.

« Sortilèges des beaux vers ! Prestige du souvenir ! N'est-il point « vrai que par vous triomphe la fragilité de l'homme, que votre « charme vainc les trahisons des choses, et qu'en de rares minutes « — ô miracle ! — vous suspendez le temps ? » (1).

*
* *

Lamartine, lui, ne cesse de le croire et de le proclamer. Du fond de son âme se sont levées successivement, pures et lumineuses, toutes les heures de tendresse qui avaient enchanté son enfance. Sa vie n'a été presque toujours qu'un long regard en arrière, une attirance invincible vers les matins radieux où s'ouvrirent ses yeux et son cœur.

---

(1) Maurice Levaillant : *Tristesse*, p. 97. Cf. Nietzsche. « L'artiste qui a mis en sûreté « le meilleur de lui-même dans des œuvres ressent une joie presque maligne quand il voit « comment son corps et son esprit sont par le temps biisés et détruits lentement, « comme s'il voyait d'un coin un voleur travailler son coffre-fort, sachant, lui, que « le coffre est vide, et que tous ses trésors sont sauvés. ». *Humain, trop humain.*

Tous les hommes gardent au fond d'eux-mêmes, comme perdu dans un halo d'enchantement, le souvenir de leur enfance (1). Tous, ou presque, ont pure et inviolée, même au milieu des pires détresses, une minute, une heure, une année, où la joie ardente des choses sembla rayonner pour eux, et, un instant, arrêter les menaces de la vie. Chez tous, les souvenirs de l'enfance se lèvent une fois ou l'autre pour calmer ou enchanter l'éternelle détresse du monde. Mais passer, comme Lamartine, toute sa vie d'homme mûr et de vieillard à se retourner vers ces heures évanouies, est le cas unique qu'il faut essayer de comprendre et d'expliquer. Sans doute, n'y arriverons-nous pas. Tout être est un monde fermé, une forteresse inaccessible où l'on n'entre pas. L'incommunicable que toute âme porte en soi nous laisse seul, point infime et tremblant, dans l'espace immense. L'homme est impénétrable à l'homme, et toute tentative pour « forer » l'ouverture qui laisserait voir et pénétrer semble par avance condamnée. Seul le miracle de l'art — miracle pour cela sans doute — laisse pressentir, parfois, la chose mystérieuse qu'est toute vie. L'émotion esthétique, et l'agrandissement soudain qu'elle donne à un être, peut, un instant, le mettre comme de plain-pied avec le monde infini. Un être se communique, se répand et se donne par la rayonnante tendresse qui s'échappe de son œuvre. En ces minutes, une âme peut toucher une autre âme, se mêler à elle, se fondre en elle. L'œuvre de Lamartine, plus que toute autre peut-être, accomplit ce miracle (2). Par là, nous comprendrons le charme qu'eut toujours, pour lui, son enfance. Les ondes de sa divine harmonie, faites du mouvement même de son cœur, communiquent et livrent ce cœur. Une agitation paisible nous balance sur les flots comme arrêtés du temps, et, quelques secondes, sur la mer sans rivages qui rejette toujours plus loin, on entend les échos d'une rive mystérieuse à jamais disparue.

(1) Cf. Lucie Delarue-Mardrus :

Et qui donc a jamais guéri de son enfance ?

L'odeur de mon pays.

(2) Cf. Vigny : « Minuit, après la lecture de *Jocelyn :* j'ai lu, j'ai pleuré, j'aime « dans ce livre tout ce qui est hymne, prière ou méditation. Tout cela est beau et « grand..... Tout cela est adorable. Là surtout est le caractère délicieux et fécond du « beau talent de Lamartine, inépuisable dans tout ce qui est sentiment, amour de la « belle nature et description d'une beauté. » *Journal*, 27 février 1836. Ed. Baldensper- « ger, p. 113.

Cf. encore ; « Plus je vous lis, plus mon âme semble se mettre en harmonie avec « vos pensées et avec vos manières de sentir. Il doit en être ainsi de toutes les per- « sonnes que les élans de la piété ne laissent pas immobiles. » Le Pasteur Diodati à Lamartine. Cité par Charles Fournet : *Lamartine et ses amis suisses*, p. 208.

Passé, mélancolique ami du pauvre monde,
O mendiant sublime en ton accoutrement,
D'où vient donc que ta voix nous trouble étrangement,
Qui t'a mis dans les yeux cette pitié profonde?
. . . .
Ta mission divine est de nous consoler.
Comme un petit enfant que sa mère emmaillote,
D'une chanson câline et lente, un peu vieillotte,
Tu berces nos douleurs prêtes à s'envoler !

Gabriel VICAIRE.
Le Miracle de Saint-Nicolas.

DEUXIÈME PARTIE

Poèmes du Souvenir

A la fin de l'année 1829, Lamartine perdait sa mère. Il a dit que cette mort avait été le plus grand malheur de sa vie. Fruit détaché de l'arbre avant sa mâturité ; oiseau tombé trop jeune du nid, il s'est, à ce moment-là, et dans la suite, comparé à toutes les choses tendres et fragiles qui meurent d'une brusque rupture avec ce qui, jusque-là, les soutenait. Lui ne mourut pas ; mais dans son âme quelque chose s'éteignit qui ne se ralluma jamais.

> Le flot qui jamais ne remonte à sa source
> Ne revoit pas deux fois le doux bord qu'il a vu.
>
> *Le Retour*

Ce n'était pas son premier deuil, et à lire « *Le Manuscrit de ma Mère* », on voit que quelques années auparavant. il avait perdu deux de ses sœurs très aimées. Mais tant que lui restait sa mère, Lamartine, malgré les deuils, les séparations, les tristesses de toute nature, se sentait accroché au rivage. Elle morte, il fut comme rejeté en pleine mer, sans port d'attache désormais, n'aimant plus que ces lieux où, près d'elle, s'étaient écoulées son enfance et sa jeunesse.

Je suis dans l'abîme de la douleur, et il n'y a pas d'espoir. On retrouve, ou l'on peut retrouver tout dans le monde, excepté une mère, et une mère pareille. (1)

C'était un être comme nous en rêvons quelquefois, comme le ciel en montre rarement à la terre, et pour moi par dessus cela, c'était ma mère, mon amie, ma confidente, mon passé, mon avenir. (2)

Jusqu'alors, sa poésie n'avait exprimé que ce qu'on pourrait appeler : *le souvenir-nostalgique*. Cette première forme du retour vers le passé met dans l'âme du poète une tristesse douce, une tendre mélancolie que nous ne retrouverons plus dans la suite.

A exprimer ces sentiments où le regret et l'espérance se mêlent, se superposent sans cesse, je vois principalement « *Le Passé* » dans « *Les Nouvelles Méditations* », « *Souvenirs d'enfance* » et « *Milly*

---

(1) Lettre du 26 décembre 1829.
(2) 7 décembre. Lettre au marquis Gino Capponi.

ou la Terre Natale » dans « *Les Harmonies* ». Aussi retiendrons-nous ces trois pièces pour étudier la première forme de la poésie du souvenir chez Lamartine. Puis, dans les vers de « *La Vigne et la Maison* », nous verrons l'ultime et douloureuse forme que prend cette poésie quand tout bonheur et toute espérance sont morts dans l'âme du poète.

*
* *

Dans « *Le Passé* » (1) dédié à Aymon de Virieu (2), **le poète** essaye un retour en arrière et mesure les jours écoulés.

> C'est l'heure où, près de la fontaine,
> Le voyageur reprend haleine
> Après sa course du matin ;
> Et c'est l'heure où l'âme qui pense
> Se retourne, et voit l'espérance
> Qui l'abandonne en son chemin.

Le Passé.

Non : l'espérance ne l'abandonne pas encore. Ici, l'expression a trahi le poète et déformé sa pensée.

Les *Nouvelles Méditations* sont, au contraire, comme un chant triomphal dans l'œuvre de Lamartine. Le fait est assez rare pour qu'on le note. Elles sont une halte, dans la trame toujours si mélancolique de sa poésie (3).

---

(1) *Nouvelles Méditations.*

(2) « L'ami le plus cher de mes premières années... Virieu m'aimait comme un « frère. » *Commentaire du Passé.* « En le perdant, j'ai perdu la moitié de ma propre « vie... Il m'a semblé que l'écho vivant de tous les battements de mon cœur était « mort avec lui. » *Confidences*, XI, p. 310. ....,........

(3) Cf. Lamartine :

> Et toi qui mollement te livres
> Au doux sourire du bonheur,
> Et du regard dont tu m'enivres
> Me fait mourir, me fait revivre,
> De quoi te plains-tu sur mon cœur ?
> ....
> Hélas ! c'est que notre faiblesse,
> Pliant sous sa félicité
> Comme un roseau qu'un souffle abaisse,
> Donne l'accent de la tristesse
> Même au chant de la volupté.

Les Préludes. Nouvelles Méditations.

Et encore : J'étais marié et heureux. *Commentaire.*

« La félicité conjugale, et ce ciel ardent de l'Italie...... lui inspirent les plus volup-« tueux de ses poèmes : *Ischia, Le chant d'amour.* Un fils lui est né; il forme des rêves « de patriarche, il se voit heureux... entouré de nombreux enfants ». Jean des Cognets : *La vie intérieure de Lamartine*, p. 126. Voir *Consolation* dans les *Nouvelles Méditations.*

Marié depuis quelques années, si la mort a détruit son premier berceau, il voit grandir près de lui Julia, qui sera bientôt son orgueil, et qui est déjà sa joie. Son jeune nid est bercé dans les brises de l'Italie. Aussi cette longue épitre à Virieu ne peut pas, à cette heure, nier l'espérance. Et la strophe suivante corrige décidément dans le sens de la vérité.

> Comme à l'aurore, il ne nous reste
> Que l'espérance et l'amitié.

La poésie, et la beauté propre au passé, agissent déjà. Les jours lointains s'estompent, effacent leurs angles, se perdent dans une ombre douce où brille seulement la clarté des moments heureux.

> Repassons nos jours, si tu l'oses !
> Jamais l'espoir des matelots
> Couronna-t-il de tant de roses
> Le navire qu'on lance aux flots?
> Jamais d'une teinte plus belle
> L'aube en riant colora-t-elle
> Le front rayonnant du matin?
> Jamais, d'un œil perçant d'audace,
> L'aigle embrassa-t-il plus d'espace
> Que nous en ouvrait le destin?

Le Passé.

Première et persistante forme de la poésie du souvenir chez Lamartine. *Tout* le passé est beau et radieux. *Tout* le passé enchante, enivre. Aussi, comme on l'a justement remarqué, le passé est pour lui l'ébauche et l'annonce de l'éternité. Il la veut semblable, non pas plus belle, ni plus douce — à ses yeux, la chose n'est pas possible —, mais pareille aux heures radieuses de son enfance. Il l'a dit dix fois, vingt fois, sous toutes les formes, en prose et en vers (1).

Musset écrivait une fois : « En général, dans toutes nos idées de « bonheur il y a un certain souvenir qui domine ; un jour, une heure « qui a surpassé toutes les autres ou, sinon, qui en a été comme le « type et le modèle ineffaçable » (2).

Pour Lamartine, *tout* le passé est beau. Nul besoin de le modifier, de le corriger, d'en distraire un jour ou une heure pour en faire

---

(1) Voltaire, au contraire, dans le *Poème sur le désastre de Lisbonne*. « Nul ne voudrait mourir, nul ne voudrait renaître », et, en note : « on trouve difficilement une « personne qui voulût recommencer la même carrière et repasser par les mêmes évé- « nements. »

(2) Musset : *Confession*, I, 10.

le modèle des bonheurs éternels. « Il regrette le passé en tant que
« passé... Il est tourmenté du désir de recommencer intégralement
« son existence. S'il avait à la refaire, il la referait sans la changer,
« non parce qu'elle fut belle ou bonne, mais parce qu'elle fut sa
« vie » (1).

Ce mouvement est déjà nettement marqué dans *le Passé* :

> Viens : où l'éternité réside,
> On retrouve jusqu'au passé.
> . . . .
> Là refleuriront nos jeunesses ;
> Et les objets de nos tristesses
> A nos regrets seront rendus.

Dans sa tiédeur de nid quitté depuis peu, le passé est beau déjà,
comme, pour Lamartine, il le sera toujours. Ne nous étonnons donc
pas que, s'il lui apparaît tel lorsque la vie lui présente tant de joie
et d'espérance, il y revienne de plus en plus, sans cesse, sans arrêt,
quand les aubes tristes pâliront les jours de son âme. Nous sommes
aux heures de sa vie qu'il a lui-même appelées : heureuses, et, déjà,
le mirage opère. Dans la lumière présente, il évoque une plus douce
et plus pénétrante lumière. Aurores et crépuscules de son enfance ;
voix des champs, des collines et des plaines font trembler, comme
un lac sous le soleil, la surface claire de son âme. Note mystérieuse
et troublante que nous retrouverons dans toute la poésie lamartinienne, avec un *crescendo* très accentué à mesure que s'assombrira
le présent. Et quand tout aura disparu ; quand, accroché à la dernière branche fragile suspendue sur l'abîme, le poète se sentira seul,
perdu dans le ciel d'orage, alors, du mouvement naturel de son

(1) Pierre Jouanne : *L'Harmonie lamartinienne*, p. 201, Cf : Lamartine.
> Et l'homme un jour, peut-être à ses destins rendu
> Retrouvera chez vous tout ce qu'il a perdu.
>
> *Les Etoiles.*

> Dans l'immuable sein qui contiendra nos âmes
> Ne rejoindrons-nous pas tout ce que nous aimâmes
> Au foyer qui n'a plus d'absents ?
> . . . .
> . . . .
> Ce passé, doux Eden, dont notre âme est sortie
> De notre éternité ne fait-il pas partie ?
> Non plus grand, non plus beau, mais pareil, mais le même.
>
> *La Vigne et la Maison.*

âme, il se relèvera pour une fois encore regarder le passé, le sentir et l'aimer comme il ne l'avait sans doute jamais fait. Et retrouvant pour lui la divine harmonie, la beauté et la tendresse de ses premiers vers, il écrira d'un trait, splendides, balancées dans la douceur des souvenirs, les strophes de « *La Vigne et la Maison* ». C'est là que nous trouverons à son plus haut degré cette poésie du souvenir que nous étudions. Mais pour en mesurer la hauteur, et comprendre la riche synthèse qu'elle évoque, quelques étapes sont nécessaires, jalons sur la route, qui marquent la direction et l'espace déjà parcouru. Pour si poignante et si pathétique que soit la symphonie finale, nous comprendrions mal la richesse, la douceur et la tendresse de son harmonie, si nous n'avions auparavant entendues séparées, plus discernables dans l'air serein, les diverses notes qui la composent.

*
* *

« SOUVENIR D'ENFANCE OU LA VIE CACHÉE ».

Avec « *Souvenir d'enfance* » (1), nous montons soudain plus haut et plus loin dans la poésie du souvenir. La pièce est longue, harmonieusement balancée, entre les visions douces et lointaines du passé, l'indifférence du présent, l'incertitude de l'avenir. Partout, à tout moment, comme nés du contexte, de beaux vers se détachent, résumant une idée ou amorçant un nouveau développement.

Pas de strophes régulières, pas de proportions rigides. La richesse du souvenir, et sa diversité, excluent l'ordre régulier et trop prévu. L'émotion engendre et soulève le vers, le mouvement rythmique où palpitent et s'harmonisent, jeunes comme la vie, les élans, les supplications, les prières qui sont le propre de la poésie.

Pourtant, ici, sans plan régulier, nous avons un ordre né du developpement lui-même, qui groupe par touffes les idées et les sentiments, comme l'œil saisit, dans l'élancement et la vigoureuse poussée d'un chêne, ces gerbes spontanées qui, rapprochant plus serrées

---

(1) Dans les *Harmonies*. A suivre strictement la chronologie, nous devrions étudier d'abord : *Milly ou la terre natale*, composé à Florence, janvier 1827. (ms. Louis Barthou) Mais l'émotion plus profonde des vers de Milly aurait gêné ce développement progressif que nous cherchons à découvrir dans *La poésie des souvenirs*, chez Lamartine.

les branches, laissent entre elles des espaces radieux où tremble la lumière.

La pièce est adressée à Prosper Guichard de Bienassis, qui vivait près de Crémieu, en Dauphiné. Ami d'enfance de Lamartine, des séjours fréquents à Milly ou à Bienassis, réunissaient, aux vacances, les deux enfants. Puis la vie était venue, implacable, et les avait séparés. Non pas d'une de ces séparations brutales qui sont la suite d'une décision mutuellement prise. Rien, au contraire, n'avait séparé par le cœur les deux amis. Ils s'étaient simplement perdus de vue, Lamartine pris par sa vie de voyage et de gloire ; lui, enfoncé, solitaire, dans les montagnes du Dauphiné.

Et un jour, parti de ces montagnes, un mot de Bienassis était soudain venu toucher le poète (1). Aussitôt, la lyre aux cordes toujours prêtes avait tremblé sous les doigts du poète. Il était à ce moment fécond de sa vie où, en France ou en Italie, tout chantait en lui aux moindres souffles (2). Les longues pièces des *Harmonies* semblaient naître spontanément, hautes et sereines, accordées aux merveilleux sentiments de foi, d'enthousiasme ou de tristesse qui tour à tour se partageaient l'âme du poète. Ici donc, comme dans la plupart des *Harmonies*, rien de la sobre mesure que l'on avait si souvent rencontrée dans les *Méditations* et les *Nouvelles Méditations*. Rien de pur, d'aérien, comme *l'Isolement*, le *Vallon*, l'*Automne*, le *Lac* lui-même, le *Crucifix*. Rien non plus du développement prolixe, arbitraire, abandonné, des *Préludes*, dans les *Nouvelles Méditations*. Cette longue épître à Victor Hugo exigeait presque les coupures des anthologies.

Dans « *Souvenir d'enfance* », au contraire, rien d'inutile, et qui troublerait le merveilleux développement : il est riche, avec des floraisons soudaines, comme poussées d'un seul jet, qui disent la fécondité des couches profondes dans les jeunes terres neuves et réceptives.

(1) Composé à Florence, mars 1828. (ms. d'Angers). Le 22 mars, Lamartine écrivait de Florence, à Virieu. « Je viens de recevoir une lettre de qui ? de Guichard « de Bienassis, notre vieil ami. Il m'adresse quelqu'un ; Son nom a ranimé ma verve, et je lui réponds ce matin même en mètres ». Plus tard, dans le *Commentaire*, Lamartine a donné un récit peu exact de la composition de cette pièce.

(2) Cf. Lamartine lui-même :

Je sommeillais sans rêve,
Comme Echo dans mes bois ;
Mais qu'une voix s'élève,
Soudain la mienne achève ;
Un son me rend la voix.

La Retraite, réponse à Victor Hugo.

D'abord, dès le début, un rappel d'Ossian, qui annonce l'occasion et la naissance de cette poésie.

> Quand la voix du passé résonnait dans son âme,
> Les regards d'Ossian étincelaient de flamme,
> Le vol de sa pensée agitait ses cheveux,
> Sa lyre frémissait dans ses genoux nerveux,
> Et ses accents, pareils aux murmures des ondes,
> Coulaient à flots pressés de ses lèvres fécondes,
> Comme un torrent d'hiver qu'on ne peut contenir ;
> Le vieillard n'était plus que voix et souvenir.
>
> *Souvenir.*

On voit la richesse, la promptitude, le juste à-propos de ces premiers vers. Nés spontanément de l'émotion même, ils la traduisent dans sa pureté et sa tonalité propre ; comme la brise douce fait chanter les feuillages et, plus violente, les agite...

> Le vol de sa pensée agitait ses cheveux
> ....
> Le vieillard n'était plus que voix et souvenir.

Plusieurs images, de celles qui reviennent toujours, chez Lamartine, prises qu'elles sont, comme « d'un seul coup de filet », par les mouvements rapides de son âme.

> O puissance de l'âme ! ô jeunesse éternelle
> Qu'une douce mémoire en nos seins renouvelle !

Jeune encore, Lamartine a pourtant, lui aussi, souvenirs et regrets. Dans les sables mouvants de son âme, tremble déjà la floraison du passé. Amour, regrets, tendresse de l'amitié, chant des sources, douceurs du soir, éblouissement neuf des clairs matins, toute la symphonie bruissante des souvenirs s'est éveillée chez lui comme chez le vieux barde à ce mot ami venu soudain vers son âme.

> Mon cœur est tiède encor des feux de ma jeunesse,
> Je n'ai pas tes longs jours, j'ai déjà ta tristesse ;
> Je parcours comme toi le champ de mes regrets,
> Adorant comme toi les monts et les forêts...

Mais pourquoi, à quoi bon remuer ce passé et chanter ?

> .... Les hommes de nos jours,
> A ta harpe elle-même, hélas ! resteraient sourds.

Rien ne les intéresse de ce qui fut ; ils n'aiment que ce qui va être. Et si le poète chante encore pour lui-même, parfois, quand la

tristesse des jours présents et leur mélancolie, rendent nécessaire
« l'évasion », il retombe ensuite plus triste, plus blessé, de l'oubli
momentané.

> Et mon cœur redescend de cet oubli trop court,
> Comme un poids soulevé qui retombe plus lourd.

Alors, pourquoi chanter, pourquoi souffrir ? Pourquoi le long
flot de ces sources souterraines qui va de nouveau tout réveiller et
tout meurtrir ?... Ah ! pourquoi donc aussi, baguette du sourcier, ce
mot, ce rappel, ce souvenir, est-il tombé dans l'âme ? Lui venu, tout
bruit et ne peut s'arrêter. Les voiles sombres du présent déchirés
tout à coup laissent voir la rayonnante plaine où se lèvent les
anciens mirages. Et dans la lumière jeune subitement réapparue, le
présent s'estompe, disparaît, meurt. Travail propre du souvenir ! Il
vit pour lui-même ; il vit de lui-même, s'alimente de ses richesses,
dégage et dédaigne tout élément nouveau, étranger. La magie opère,
l'aube ancienne réveille et éclaire les anciennes tendresses (1). Lait,
miel, coulent à flots, comme des sources.

> Table riche des dons que l'automne étalait,
> Où les fruits du jardin, où le miel et le lait,
> Assaisonnés des soins d'une mère attentive,
> De leur luxe champêtre enchantait le convive.
>
> *Souvenir.*

La nature, et ses dons inépuisables, font sans cesse naître et
renaître. Les sillons, les sources, les vignes, le nid, tout tremble,
s'agite et vit à nouveau. Le grand cycle des saisons ; leur renouvellement jeune et éternel, fait tout jeune et éternel. Duvet des nids,
herbe odorante des prés, éblouissement de l'aurore sur la jeune verdure éclatante, le printemps et la jeunesse du monde redisent au
poète sa belle, et tendre, et radieuse jeunesse. Le souvenir...

> Ecartant loin de lui les ombres des années,
> Et déployant soudain ses ailes enchaînées
> Au-dessus des douleurs, des dégoûts, fruits du temps,

---

(1) Cf. « La mémoire nous sépare des temps où nous vivons et nous reporte aux
« temps où nous voudrions vivre...... quand la nuit tombe autour de nous, quand
« les beaux soleils du printemps et de l'été se sont couchés derrière un horizon
« chargé de nuages, l'homme rallume en lui cette lampe nocturne de la mémoire. »
Lamartine : *Souvenirs et Portraits.* Tome III, pp. 275-276.

Franchit d'un vol léger les jours, les mois, les ans,
Et m'emporte avec toi dans ce séjour champêtre
Dans ces temps écoulés que ton nom fait renaître,
Jeune, heureux, le cœur plein d'ignorance et d'espoir,
Brillant comme un matin qui n'aurait pas de soir ;
Tel que notre amitié nous vit à son aurore... (1)

C'est un de ces moments, rares dans la vie, mais fréquents et toujours renaissants chez Lamartine, où le souvenir du passé barre la route au présent, l'arrête, l'annihile peut-être (2). Nous ne dirons jamais assez combien le passé, et le rêve qui de lui se dégage, remontent sans cesse au premier plan dans la vie et l'œuvre de Lamartine. Cet amour pour tout ce qui fut un moment « *lui* », qui vécut de sa vie, fut tel que certains n'ont pas craint de parler à ce propos de « *narcissisme* » et de ressusciter pour lui la vieille légende.

Dans un livre d'une documentation sûre et précise, Pierre Jouanne consacre tout un long chapître à l'étude de ce problème. Pour lui, aucun doute à ce sujet : « La critique, dit-il, a souvent « comparé Lamartine à Narcisse, épris de sa propre image. Mais « il semble que le narcissisme lamartinien n'ait pas encore été ana- « lysé d'assez près pour que l'on en fasse ressortir les caractères « essentiels. On n'a pas vu suffisamment en quoi consistait cette « passion dont l'objet s'identifie avec le sujet » (3).

« Lamartine souligne tous les échos et toutes les correspon- « dances qui font de l'univers un vaste système de miroirs, où chaque « être se reflète et s'admire » (4).

« Le poète, dans l'eau que ride à peine le souffle des années, « se revoit tel qu'il fut dans sa jeunesse :

Oui, c'est moi que tu vis naguères,
Mes blonds cheveux livrés au vent (5)

(1) Cf. Lamartine encore : « Nous nous plaisions à combiner ces grandes circons- « tances, ces merveilleux hasards des temps de révolution, où les hommes les plus « obscurs sont révélés à la foule par le génie. » ..... « Il n'y avait pas de rôle, quelque « héroïque qu'il fût, qui n'eût trouvé nos âmes au niveau des situations. » *Confidences*, VIII, p. 191.

(2) « Même dans l'esprit le plus froid, il y a une multitude d'échos prêts à s'éveiller, « à se répondre ; une simple idée, venue par hasard, suffit à en appeler une infinité « d'autres, qui se lèvent du fond de la conscience... C'est tout ce que vous avez « pensé, senti, aimé. » J.-M. Guyau, ouv. cité pp. 3-4.

(3) Pierre Jouanne : *L'Harmonie lamartinienne*. Préface de Fortunat Strowski. Paris, 1927, page 154.

(4) Pierre Jouanne, p. 157.

(5) *La source dans les bois.*

« Si Lamartine se résigne à la vieillesse, c'est en songeant qu'au
« moins il se contemplera toujours dans le même miroir...

> Bientôt tu me verras peut-être,
> Penchant sur toi mes cheveux blancs. (1)

Malgré ces citations, et d'autres encore, très nombreuses, prises
dans toute l'œuvre de Lamartine, nous n'acceptons pas le terme de
narcissisme appliqué à cette passion du souvenir.

Lamartine aime le passé d'un grand amour universel qui
l'anime, lui donne une vie propre, et rejette nécessairement au
second plan tout ce qui lui est contraire, c'est-à-dire, surtout, le
présent. Mais aime-t-il le passé simplement parce qu'il s'y retrouve,
lui, parce qu'il peut tout à l'aise se revoir, s'aimer dans les êtres et
les choses, les yeux, les sources, qui avaient entouré son enfance ?

Le cas est complexe, et ce culte du souvenir, qui existe à quelque
degré chez tous les hommes, n'est pas sans nous embarrasser par la
diversité des éléments qu'il contient.

Il y a, d'abord et primitivement, au fond de cet amour pour le
passé, de ce retour qu'une fois ou l'autre nous faisons tous vers les
jours anciens, une des formes de l'instinct de conservation, de ce
désir de se retrouver soi-même, sa substance propre, pour s'arrêter
et se fixer quelques instants dans le flot mouvant du temps. L'éternel
changement du monde ; son renouvellement constant, les spectacles
toujours changeants qu'il nous montre à chaque jour et à chaque
heure, émiettent à ce point la permanence de notre être qu'à de
certains moments, comme pris de vertige à se sentir soi-même
emporté par l'éternelle fuite, on s'arrête, on regarde, on *se regarde*.
L'intelligence, reflet du monde, miroir du monde, qui devient tour
à tour ce qu'elle connaît, laisserait tellement ignoré le *moi* profond,
unique, intangible, qui est nous-même, qu'on ferme instinctivement
les yeux pour se trouver soi-même. Au milieu de l'éternel changement, nous nous sentons fait pour le même et l'identique ; nous ne
sommes nous que lorsque nous nous retrouvons semblable et éternel.
A chaque seconde, pris par le monde nouveau, nous n'existerions
plus, si nous ne nous souvenions pas. *Se souvenir*, ce n'est pas
seulement *revivre* comme l'a dit Lamartine lui-même, c'est d'abord
vivre.

(1) Pierre Jouanne, p. 162.

Vivre, être, c'est se connaître ; et se connaître, c'est *se reconnaître*. C'est se retrouver le même c'est se sentir *durer*, quand tout passe et s'écoule.

« Ce que nous appelons connaissance..., ce sont des coupes, que
« nous faisons au travers d'une réalité continue... « ... Les coupes
« ne nous donnent qu'une occasion de réfléchir et de découvrir ce
« qui s'étend au travers des coupes » (1).

« J'estime que l'oubli... est comme un sable mouvant. Nous
« luttons contre lui comme le fait la bruyère des dunes. Les sables
« de l'oubli s'amoncellent où ils peuvent sur nos souvenirs, et le
« brin d'herbe qui hier encore était là si frais et si vert a déjà
« aujourd'hui sur sa tige un grain d'oubli.

« Mais, au fait, l'oubli ne ressemblerait-il pas plutôt à la brume ?
« Elle nous enveloppe un jour, mais le jour suivant elle est dissipée
« et le monde réapparaît clair et jeune devant nous.

« En réalité ce n'est pas non plus la brume ; appelons-le plutôt
« un sommeil ; — faut-il poursuivre les comparaisons ? C'est un
« sommeil, une défaillance, un défaut d'actualité, la passivité qui
« est la limitation de notre monade — (Leibnitz) — ; l'indolence qui
« est le péché originel lui-même — (Fichte) — ; l'imperfection fon-
« damentale de l'existence, par laquelle il a été veillé à ce que l'arbre
« ne s'élevât pas jusqu'au ciel » (2).

« Ce qu'on appelle *vivre pleinement, être soi-même*, c'est-à-dire
« s'actualiser soi-même avec toutes ses possibilités, et d'autres
« expressions analogues qu'on emploie pour désigner notre besoin
« vital essentiel, signifient toutes la même chose... : la richesse, le
« dévouement, la vie ardente, c'est-à-dire précisément la plénitude
« de vie, l'actualité » (3).

Or les natures plus essentiellement artistes, plus réceptives, plus prêtes à capter tous les spectacles du monde, à mieux pressentir, comme nous l'avons dit, les invisibles métamorphoses que ne discernent pas les autres, plus « intelligentes » en un mot, *devenant* mieux et plus rapidement toutes choses, éprouvent plus que le commun des hommes, à de certains moments, le besoin impérieux, fort comme la vie, de se retrouver et de s'opposer à l'universel écoule-

(1) Pierre Janet : *L'Evolution...* T. III, p. 601.
(2) Hans Larsson, Professeur à l'Université de Lund : *La Logique de la Poésie.* Traduction E. Philipot. Ed. Ernest Leroux p. 86.
(3) Hans Larsson : ouvrage cité; p. 90.

ment. C'est la défense de l'être contre le temps, contre la vie, contre la mort. Se chercher, se rechercher dans le passé, c'est donc tout simplement faire plus loin et mieux ce mouvement de reprise sur soi-même, non pas pour s'aimer et s'adorer, comme le voudrait le mythe de Narcisse, mais pour se trouver et se connaître en se *retrouvant* et en se *reconnaissant*. Mouvement de reprise sur soi-même pour vivre, pour *être*.

« Ce qui est au fond de tout désir de bonheur... c'est de par-
« venir par le moyen d'une impression quelconque jusqu'à ce petit
« point qui est notre moi, d'éprouver quelque mouvement dans le
« centre même de notre humanité, de l'amener à donner signe de
« vie, d'en extraire de force quelques paroles..., de le sentir vivre...,
« de vivre... avec chaque partie de notre âme » (1).

Remarquez qu'à accepter entièrement la thèse du narcissisme lamartinien, on serait conduit à dire que tout artiste, tout créateur, est un Narcisse, puisque la création artistique est l'expression la plus vraie, la plus permanente, de celui qui la réalise. Aimer l'œuvre, aimer *son œuvre*, c'est donc s'aimer soi-même, se poursuivre et se retrouver soi-même.

On ne peut pourtant pas dire que la joie propre, l'intime et divine joie que l'artiste éprouve à créer soit à base de narcissisme, ou alors, il faut le voir partout, dans la mère qui aime son enfant, dans l'enfant qui dit à tout et sans cesse : *je*, *moi*, et croit le monde un prolongement de lui-même. Mais être partout, c'est n'être nulle part ; être tout, c'est n'être rien, ce n'est plus être. Ainsi donc, pour laisser à Narcisse et à sa légende la force de symbole que lui donnèrent les anciens poètes, ne le mêlons pas à toutes les formes subtiles de la pensée moderne, Freudisme, Puérilisme, et n'appliquons pas à Lamartine un mot qui ne lui conviendrait qu'à condition de modifier sensiblement son contenu.

*
* *

Le culte ou la passion du souvenir n'est donc, chez Lamartine, à l'état aigu, que la manifestation d'un sentiment qui existe une fois ou l'autre chez tous les hommes. Le passé est le terrain solide et stable où sa véritable nature se retrouve et se déploie. Qu'il apporte

(1) Hans Larsson : *La Logique de la Poésie*, pp. 12-13.

à cela une certaine complaisance, nous l'avons dit nous-même, et tous l'ont reconnu.

Mais outre que cette déviation d'un sentiment naturel ne se rencontre, presque que dans les écrits en prose de sa maturité et de sa vieillesse et que nous n'avons donc pas à l'examiner ici, on ne peut pas donner aux premières et si naturelles expressions d'un sentiment le nom qui ne convient qu'à sa perversion, à sa déviation.

Ici donc, dans ce *Souvenir d'enfance* que nous étudions, non seulement le poète revient sur les premières, les heureuses et belles années de sa vie, mais il y revient pour exprimer l'inutile et vain regret de n'avoir pas continué cette vie dans la solitude qu'elle aurait pu avoir. Le monde l'a pris, et sa tempête, et ses remous. Rien, pourtant, ne put altérer la pureté et la douceur des premières visions. Les images se pressent sous la plume du poète pour dire l'apaisement qu'apporte à son âme blessée le souvenir des anciens spectacles

> Scènes de notre enfance, après quinze ans rêvées,
> Au plus pur de mon cœur impressions gravées,
> Lieux, noms, demeure, et vous, aimables habitants,
> Je vous revois encore après un si long temps,
> Aussi présents à l'œil que le sont les rivages
> A l'onde, dont le cours reflète les images,
> Aussi frais, aussi doux, que si jamais les pleurs
> N'en avaient dans mes yeux altéré les couleurs ;
> Et vos riants tableaux sont à mon âme aimante
> Ce qu'au navigateur battu par la tourmente
> Sont les songes dorés qui lui montrent de loin
> Le rivage chéri de son bonheur témoin,
> L'ondoyante moisson que sa main a semée,
> Et du toit paternel le seuil ou la fumée.

Souvenir.

Guichard de Bienassis n'a pas quitté, lui, « ce port de son bonheur ». Il est resté, comme le chêne des collines, a recevoir le même jour des mêmes horizons.

Jamais, jamais tes yeux n'ont changé d'horizon ! (1)

______

(1) Cf. « Quel que soit le plaisir qu'on se promette d'un grand voyage, il y a tou-« jours dans le paysage qu'on va quitter une voix prudente et un peu triste qui « semble vous dire par chaque rayon du soleil: Pourquoi me quitter? Est-ce que je « ne brille pas bien dans ce ciel bleu? Le cœur se serre à ces justes et tendres « reproches du paysage. » Lamartine : *Souvenirs et Portraits.* Tome III, 278.

Pris par la beauté de la terre, gagné à elle, à sa force profonde, rien ne put l'en arracher. Et Lamartine pense à lui, fait un retour sur lui-même, se regarde et se compare. Toute la mélancolie et l'éternelle tristesse des départs lui monte encore une fois au cœur. Des détails précis, d'une réalité douloureuse et brûlante, soulignent la cruauté des séparations :

> Nul adieu n'attrista le seuil de ta maison...
> L'arbre de ton aïeul, l'arbre qui t'a vu naître
> N'a jamais reverdi sans ombrager son maître ;
> Jamais le voyageur, en voyant du chemin
> Ta demeure fermée aux rayons du matin,
> Trouvant l'herbe grandie ou le sentier plus rude,
> N'a demandé, surpris de cette solitude,
> Sur quels bords étrangers, dans quels lointains séjours,
> Le vent de l'inconstance avait poussé tes jours. (1)

Souvenir.

Rien d'étranger ne marquera donc pour lui les diverses étapes de sa vie. L'avenir, comme le passé, continuera à se mesurer au cycle éternel des saisons : sommeil de l'hiver, jeune blé des printemps, moissons ardentes de l'été, éclat rougi des vignes dans l'automne fécond. Mêlé à cette vie immense de la terre, Guichard de Bienassis vivra et mourra...

> Sans avoir dissipé des jours trop tôt comptés,
> Dans la poudre, ou le bruit, ou l'ombre des cités...

Et une de ces longues comparaisons devenues de plus en plus nombreuses sous la plume savante du poète souligne la différence de leurs deux vies.

On a remarqué souvent que les *Harmonies* sont un enrichissement de la première manière de Lamartine. Le chantre divin des *Méditations* avait laissé s'épandre dans l'air jeune de 1820 les notes pures que l'on sait. Dans ce premier recueil, aucun art, aucun « procédé », pour traduire une émotion qui sourd de l'âme comme

---

(1) Cf. « La place où l'on se dit adieu en partant pour de longues absences..... les « herbes parasites, les ronces, les grandes mauves bleues s'élèvent par touffes épaisses... ; « les fenêtres toujours fermées de la chambre de notre mère. » Lamartine : *Confidences,* IV, 70-71.

Et encore :

Et le rapide oubli, second linceul des morts,
A couvert le sentier qui menait vers ces bords.

Lamartine : *Le premier regret.*

l'eau profonde affleure parfois la terre, sans déchirure, ni jet visible ou bruyant. Tout vivait et chantait dans le jeune printemps, et la source nouvelle allait mêler simplement ses notes pures aux symphonies qui disaient la naissance du matin (1). L'Italie et ses visions somptueuses chargèrent de plus de tons la palette de Lamartine. Non seulement il y a dans les *Harmonies* un enrichissement du fond, mais la mélodie elle-même devient plus savante, plus technique. L'artiste insouciant et rêveur a mesuré la hauteur de son génie. Dans cet océan de la gloire où s'avancent à côté de lui tant de jeunes nacelles, il a pressenti les horizons immenses, et, sûr de lui et de l'esquif éprouvé, il cingle hardiment « vers les terres lointaines, sur les larges eaux ».

A tout moment, une longue métaphore, balancée comme la voile mouvante, agrandit soudain le développement de l'harmonie. Le poète continuera dans *Jocelyn*. Virtuose infaillible, la musique la plus pure aidera à se développer, sans une défaillance, avec une sûreté de mouvement et de rythme qu'on ne reverra peut-être jamais plus, la somptuosité des plus riches draperies.

Ici donc, comme à tout instant dans les *Harmonies*, une vision de fresque, dans ce rythme paisible de nature qui ne presse rien et laisse tout venir divinement à son heure. Que l'ami solitaire des montagnes rende grâce au ciel du sort caché qui fut le sien. Qu'il n'envie pas surtout les jeunes et plus bruyantes gloires...

> Du feu qu'elle répand toute âme est consumée,

et la pureté originelle de la jeune source se trouble de toutes les eaux qui viennent la grossir. Refléter le ciel natal et les rives prochaines est pour elle joie et vie. Mais le large déploiement dans la plaine immense va la mêler aux impuretés qui traînent partout. Ainsi de l'homme qui, cédant aux appels de la gloire, quitte la vallée natale.

> Notre vie est semblable au fleuve de cristal
> Qui sort, humble et sans nom, de son rocher natal ;
> Tant qu'au fond du bassin que lui fit la nature
> Il dort, comme au berceau, dans un lit sans murmure,
> Toutes les fleurs des champs parfument son sentier,

(1) Parlant des *Méditations*, M. Jean des Cognets écrivait : « Nulle œuvre ne laisse « sentir davantage le mystère des forces cachées. Parmi ces vers, les plus frêles même et « les plus caressants sont soulevés par un souffle profond. » *La vie intérieure de Lamartine*, p. 122.

> Et l'azur d'un beau ciel y descend tout entier ;
> Mais à peine échappé des bras de ses collines,
> Ses flots s'épanchent-ils sur les plaines voisines,
> Que, du limon des eaux dont il enfle son lit,
> Son onde, en grossissant, se corrompt et pâlit ;
> L'ombre qui les couvrait s'écarte de ses rives,
> Le rocher nu contient ses vagues fugitives ;
> Il dédaigne de suivre, en se creusant son cours,
> Des vallons paternels les gracieux détours,
> Mais, fier de s'engouffrer sous des arches profondes,
> Il y reçoit un nom bruyant comme ses ondes ;
> Il emporte en fuyant à bonds précipités,
> Les barques, les rumeurs, les fanges des cités ;
> Chaque ruisseau qui l'enfle est un flot qui l'altère,
> Jusqu'au terme où, grossi de tant d'onde adultère,
> Il va, grand, mais troublé, déposant un vain nom,
> Rouler au sein des mers sa gloire et son limon !
> Heureuse au fond des bois la source pauvre et pure !
> Heureux le sort caché dans une vie obscure......

On voit que le poète ne manque pas d'habileté pour varier ce thème toujours repris des souvenirs d'enfance, et la longue nostalgie qu'ils traînent après eux. Tout lui est prétexte à évoquer les anciennes visions (1). Pris par la vie active, sentant déjà les appels plus impérieux d'une destinée qui allait de plus en plus l'orienter vers le cours bruyant de la politique, il n'oublie pas ce qu'il quitte et pressent l'écueil des futures rives. Partagé entre l'attrait du passé et les promesses jeunes de l'avenir, le poète semble chercher sa voie. Capter les cœurs ; sentir autour de soi la palpitation frémissante des foules, son âme, faite d'universelle sympathie, ne pouvait manquer de le désirer, de convoiter les futures gloires. Et plus fort sera cet attrait, plus fort sera aussi le retour, par la poésie vers le passé ; le poète voit se dérouler à ses pieds le calme paisible des collines mâconnaises et le flot turbulent de la vie publique. Choisir ? Il n'est pas besoin d'une décision absolue et irrévocable ; il cèdera successivement aux attraits divers de sa nature. « L'alternance », a-t-on pu dire, fut la loi de sa vie. Comme toute intelligence complète, sympathique et acueillante, il n'a jamais mis une borne aux formes diverses de son activité. Il a joué sans cesse de toutes les cordes, et sa poésie, et sa vie, ont été tour à tour souvenirs et attente des prochaines conquêtes.

(1) « L'ordre de sensations auquel chaque poète emprunte le plus volontiers ses « images est aussi caractéristique de sa nature d'âme que ses épithètes favorites. » Gaston Paris : *Penseurs et Poètes*, p. 277.

« Je suis plus philosophe, plus ennuyé du monde actif que
« jamais, c'est pourquoi j'irai loin dans le monde actif. Qui a ce
« qu'il rêve ? » (1).

Tantôt il désire, tantôt il méprise cette vie publique :

« Je ne fais ni vers ni prose. Le temps en est-il passé ? Je me
« sens bien plus apte à l'action et à la parole politique, et je m'en
« méprise » (2).

Quelques jours après, mouvement contraire. De Saint-Point,
Lamartine écrit à La Grange :

« Je mène, comme vous dites, une vie philosophique ici. C'est
« ce qu'on a de mieux à faire quand on n'a rien d'autre à faire » (3).

Cette hésitation, chez lui, a duré longtemps. Poète ou orateur ?
A ce moment, il ne sait ce qui vaut le mieux. Plus tard, il donnera
décidément le pas à l'action. Mais en ces années d'Italie, il y a dans
sa pensée des mouvements alternatifs que traduit sa correspondance :

« Si ta santé te soutient encore cet hiver, il faudra l'utiliser
« pour ce monde-ci, qui va bien mal sans nous » (4).

Et le 21 octobre de la même année, à Marcellus :

« J'ai plus de politique que de poésie dans la tête ». « Se dis-
« traire d'une pensée par une action est une bonne chose ; travail-
« lons, occupe-toi de tes terres et moi des miennes » (5).

Mais, en lui, rien n'est encore définitivement fixé. Une autre
fois, la même année, il écrit à Virieu :

« Quand nous serons l'un et l'autre députés, nous nous enten-
« drons sur tous les points, hors d'eux. Nous pérorerons sur le même
« banc, si jamais nous savons pérorer. J'aimerais mieux faire mon
« poème. Il ne manquera jamais d'orateurs de bon sens, mais on
« n'aura jamais assez de poésie élevée, forte et morale » (6).

Et la même année encore, à sa mère : « Ayant reçu du pur don
« de Dieu une cinquantaine de mille livres de rente indépendantes,
« c'est pécher contre le Saint-Esprit et contre le sens commun, que
« de perdre les années de vigueur d'esprit à copier des dépêches » (7).

Plus tard, en 1841, prévoyant déjà son grand rôle politique, il

(1) Lettre à Virieu. Saint-Point. 21 novembre 1828.
(2) 27 janvier 1829.
(3) 14 février 1829.
(4) Lettre à Virieu, 3 juillet 1826.
(5) A Virieu, de Livourne, 22 juillet 1827.
(6) 20 août 1827.
(7) 10 novembre 1827.

écrira de Saint-Point au marquis de la Grange, le 11 juillet : « Ce
« ministère..., c'est du temps donné aux choses... Après lui revien-
« dront les platitudes d'un tiers-parti, puis les crises..., puis nous ;
« nous serons appelés par la clameur publique à sauver le monde
« social » (1).

*
* *

A parcourir l'œuvre de Lamartine, on voit que toute sa vie s'est
présentée à lui cette dualité de la poésie et de l'action. Parfois, il
semble les concilier ; parfois ,au contraire, il sacrifie la poésie à
l'action. Toujours partagé entre le passé et l'avenir, il a pensé que
le poète seul pouvait vivre dans tous les temps, et fondre souvenirs
et espérances. Sans doute, se détachant de plus en plus d'une terre
où nulle joie ne lui était permise, où aucun souffle né de lui ne res-
pirerait après sa mort, il a trompé les désirs de survivance que tout
homme porte en soi, en créant, du meilleur de son âme, sa poésie.

« Le poète et l'antiquaire contractent sur leur physionomie cette
« impression d'éternité qui méprise la terre fugitive, parce qu'elle
« vit dans tous les âges ; que leur fait le présent ? Ce présent n'a
« qu'un jour. Ils habitent, dans la permanence de leurs pensées,
« avec les immortels de l'histoire et de l'art ; ils sont contemporains
« de tous les passés et de tous les avenirs... Ce qu'ils habitent le
« moins, c'est notre terre » (2).

*
* *

Lamartine donc, dans cette longue épître adressée à Guichard de
Bienassis, traduisait ces désirs alternatifs qui allaient être les siens
tout le temps de sa vie. Source qui regrette la vallée natale et en
gardera toujours la pure et originelle harmonie, il n'a cessé, pourtant, de désirer porter ses eaux dans toutes les plaines du monde (3).
La gloire l'avait tenté jeune encore ; du moins, le rappelle-t-il à son
ami qui, à cet âge, faisait les mêmes rêves. Après les vers qui exaltent
la douceur d'une vie cachée, il ajoute :

(1) Cité par Ch. Fournet : *Lamartine et ses amis suisses*, p. 110. Cf. Vigny : « Je suis
« poète et je vais écrire Myrto pour rapetisser la gloire des hommes d'action, montrer
« combien leur tâche est facile et misérable et que, s'il le fallait, l'âme la plus con-
« templative serait la plus grande dans l'action. » *Journal*, 1826.
(2) *Souvenirs et Portraits*, III, 205-206.
(3) « Ma vocation n'est pas seulement, comme vous le croyez, une sollicitation de
« mon talent... ; non... elle est une faculté vraie, une faculté plus déterminée, plus
« énergique, plus fougueuse, que ma faculté poétique. » Lamartine à Dargaud en 1831.
Cité par M. des Cognets : *La vie intérieure*, p. 198.

Nous parlions autrement à l'âge où l'avenir
Dans nos seins palpitants ne pouvait contenir,
Et débordait pour nous de la coupe de vie,
Comme un jus écumant d'une urne trop remplie.
A cet âge enivré, la gloire est à nos yeux
Ce qu'à l'œil des enfants qui regardent les cieux
Est l'astre de la nuit, dont l'orbe, près d'éclore,
Au sommet qu'il franchit semble toucher encore.

Souvenir.

Ainsi, cette pièce écrite à la gloire du souvenir, laisse deviner
la nature si riche et si diverse de Lamartine. « *L'alternance des
thèmes* », l'amour de ce qui fut, le pressentiment et l'attrait de ce
qui sera, ce désir en un mot de tout capter, de tout retenir, ou, tout
au moins, de choisir librement dans l'apport incessant des généra-
tions, cet ensemble de sentiments complexes caractérise l'œuvre de
Lamartine.

Comme nous le disions : être, vivre, c'est *se connaître ;* et se connaître, c'est *se reconnaître.* Cet élément de durée est essentiel. Mais
il ne s'arrête pas à soi, à cette minute présente où se fait la synthèse. Il la dépasse de ce même mouvement vital par quoi il l'avait
atteinte, et engage l'avenir. Tant qu'a vécu Julia, le poète n'a cessé
de dire la joie qu'on éprouve à se sentir survivre, à se retrouver
dans ce complément si vrai de soi-même qu'est la famille.

Une femme, un enfant, trésors dont je m'enivre,
L'une par qui l'on vit, l'autre qui fait revivre. (1)

De Florence, il écrivait à Virieu le 12 Juin 1827 :
« Décidément, la paternité sera ta passion. La mienne devient
« plus tendre de jour en jour, mais ce n'est pas tant paternité que
« sentiment pour une créature charmante comme ma fille. Toujours

---

(1) Épître à M. Sainte-Beuve. Cf. Plus tard, il écrivait de sa fille quand il l'eut
perdue :

C'était de mes beaux jours la plus pure pensée,
Que Dieu d'un vœu d'amour me permit d'animer,
Pour que, dans ce beau corps mon âme retracée
Pût se réfléchir et s'aimer.
. . . .
Toute voix qui la nomme entre au fond de mon âme;
Je ne puis sans pâlir en entendre le son.....
. . . .
Ce nom que j'ai scellé sur mes lèvres de père
Comme un mystère de douleur.....

« souriante, bonne, tendre, caressante, belle et sereine, il n'y a pas
« moyen de rester insensible » (1).

Quand il l'eut perdue, frappé par le malheur et l'isolement,
il a déploré la tristesse de son foyer vide ; et voyant le temps comme
se finir avec lui, ces nostalgies diverses ont donné à son œuvre un
attrait que, seule, elle possède :

> Règne à jamais, ô Christ, sur la raison humaine,
> Et de l'homme à son Dieu, sois la divine chaîne !
> Illumine sans fin de tes feux éclatants
> Les siècles endormis dans le berceau des temps ;
> Et que ton nom, légué pour unique héritage,
> De la mère à l'enfant descende d'âge en âge,
> Tant que l'œil dans la nuit aura soif de clarté,
> Et le cœur d'espérance et d'immortalité ;
> Tant que l'humanité plaintive et désolée
> Arrosera de pleurs sa terrestre vallée,
> Et tant que les vertus garderont leurs autels,
> Ou n'auront pas changé de nom chez les mortels. (2)

Dans les vers adressés à Guichard de Bienassis, Lamartine n'est
pas encore à jeter sur l'avenir cette prise sûre qui lui révèlerait sa
gloire future et ses rapides déceptions. Soit pour ne pas attrister son
ami dans la solitude, soit parce que la minute présente jette dans son
âme une mélancolie réelle qui lui fait mépriser gloire et avenir, le
poète rabaisse comme à plaisir la vaine renommée qui, un moment,
fait voler sur toutes les lèvres des noms glorieux. Cette poésie
exprime donc, dans son ensemble, et malgré les mouvements divers
que nous avons signalés, la survivance et l'incomparable douceur
des souvenirs d'enfance, ce charme qui opère toujours et surpasse
les plus sûres promesses de la gloire.

Voilà pourquoi nous l'avons si longuement étudiée. Elle mêle,
dans son harmonieuse synthèse, ce qui fait le charme actuel du
souvenir, et ce qui fut la réelle beauté du temps que l'on réveille.

Alors, on vivait tout à l'espérance. Des brises favorables don-

---

(1) Cf. « Julia était une ravissante enfant ; elle était surtout pleine de grâce, tous
« ses mouvements étaient délicieux ; elle adorait son père, le suivait dans toutes ses
« promenades et retenait ses vers par cœur à mesure qu'il les composait. » *Souvenirs
de Mme Delahante.* Tome I, p. 243. Cité par Charles Fournet : *Lamartine et ses amis
suisses,* p. 190.

(2) *Hymne au Christ.* Cf. Lamartine. « Quand on meurt avec sa cause..., on a pour
« sépulcre le sépulcre même de l'idée qu'on a servie, et l'on ressuscite le troisième jour
« ou le troisième siècle, n'importe, — la tombe n'a pas d'impatience, — mais on ressus-
« cite avec une vérité. » Discours du 16 septembre 1851.

naient joie et enchantement en promettant les plus heureux voyages. L'avenir était saisi d'une prise immense et sûre. Rien ne tremblait sur les jeunes lèvres qui engageaient ainsi les jours. Si, aujourd'hui, à se souvenir, il y a mélancolie, qu'importe ?... Les ailes blessées se sont repliées, mais elles gardent, intactes, les anciennes tendresses. Le passé revit et fait vivre. A cette heure où Lamartine peut encore si bien compter sur la gloire, où, au fond de lui, il l'aime et la désire, il y a comme une coquetterie à en étaler si bien le néant. Mais il y a surtout, peut-être, un mouvement naturel de son âme qui, à l'ami caché et inconnu, ne veut pas montrer l'enivrement et les douceurs d'un bien qu'il ne connaîtra jamais. Et voilà pourquoi ce morceau est si riche de thèmes contraires : survivance du passé, pressentiment de l'avenir. L'inspiration du poète, qui traduit toute son âme, en livre, tour à tour, les alternatives contraires. Elle mêle, dans le grand rythme harmonieux qui l'exprime, les sentiments opposés qui à toute heure nous divisent. Sauf dans les grands, mais rares moments, d'un désespoir immense, la tonalité affective d'un être est rarement monochrome. A toute vision, se mêlent des éléments étrangers qui, en réalité, la complètent. Nous ne nous épuisons pas dans un seul mouvement de notre âme, et si l'inspiration est le désir et l'attente des possibilités futures ; si elle ne cesse de pressentir, on comprend ce flux et ce reflux d'une pensée qui, quelques instants, s'examine, se recueille.

Lamartine n'en est pas encore à l'heure sans espoir que traduira le poème de *La Vigne et la Maison*. Les *Harmonies* font grande la part sereine de l'espérance. Un rappel du passé a fait surgir dans son âme les visions joyeuses de son premier Eden. Avec l'ami absent, et pour l'ami absent, il a tout revécu ; la poésie du souvenir est tombée de ses lèvres comme au printemps une pluie de pétales parfumés. A son contact, le poète a senti le désenchantement que donne toujours la vie. Et de ces alternances sont nées les grandes images que nous avons admirées, et qui balancent harmonieusement, par leurs deux mouvements opposés, la dualité même de l'âme. Elles ont saisi, dans leur large vol, les moments les plus riches de l'inspiration ; elles ont exprimé, dans sa plénitude, la pensée présente du poète...

> O puissance de l'âme ! ô jeunesse éternelle
> Qu'une douce mémoire en nos seins renouvelle !

*
* *

MILLY OU LA TERRE NATALE.

Avec Milly, nous abordons à d'autres plages. Des évocations plus somptueuses ; une antithèse violente qui, au début, donne son sens au morceau, feront beaucoup plus nettes que dans « *Souvenir d'enfance* », les impressions qui se dégagent de ce long poème. Plus de pittoresque, aussi ; une vision plus plastique des faits donneront à la poésie de Lamartine un charme d'évocation descriptive qu'elle eût rarement à ce degré. Les *Confidences*, et tous les livres de sa pénible vieillesse, complètent, en la précisant, la réalité de tous ces détails.

A pratiquer beaucoup l'œuvre de Lamartine, naît un embarras, un inconvénient, qu'on ne soupçonnerait pas d'abord. Il nous a si souvent redit son enfance, si fréquemment et si abondamment tracé ses divers tableaux, qu'une série d'images se complétant et s'enrichissant les unes les autres, installées dans notre esprit, rendent très difficile l'étude d'une pièce séparée. A tout moment, ce que nous savons déborde le texte et risque de le trahir. Involontairement, inconsciemment, nous mettons tout ce que nous savons à côté du détail plus sobre que donne ici le poète. Comme description, on voit dans le texte plus de choses qu'il n'y en a en réalité, parce que, d'un jeu spontané de notre mémoire, nous y ajoutons tout ce que nous savons. Et *Milly*, notamment, qui précise plus que la plupart des poésies la description matérielle des lieux, *Milly* finit par faire dans notre esprit une image composite qui déborde très probablement la teneur pittoresque du morceau. Le titre même opère déjà, et à le prononcer seulement, nous évoquons comme Lamartine lui-même, toute la longue série de ses souvenirs d'enfance.

Heureusement, des précisions d'ordre psychologique, des sentiments, des pressentiments, nous permettront de découvrir et de noter le ton unique de ces vers, de les mettre à part de tous ceux où ont déjà surgi des souvenirs d'enfance.

Quatre strophes, servant d'introduction, dressent subitement le passé. Et comme toujours dans les moments psychologiques où la vie est intense ; comme toujours surtout dans le fait de l'inspiration poétique qui porte à sa plus haute tension la tonalité affective de l'être, le contenu des mots dépasse de beaucoup leur habituelle expression. On a dit qu'en bonne critique, après avoir étudié un texte en ce qu'il dit, il faut l'étudier en ce qu'il ne dit pas, pour mesurer la force évocatrice et créatrice de l'écrivain.

Vérité deux fois plus vraie encore en poésie. A tout moment, une vie latente déborde les mots. Ici, principalement, dans ces quatre strophes. Les deux vers si beaux qui les terminent (1) sont beaucoup plus riches, contiennent tout autre chose que les sobres détails que nous venons de lire. On sent que le poète porte en lui une vision totale, que Milly bruit dans son âme avec toute sa vie ardente, et que les vers si pleins qui vont suivre sont comme déjà sur ses lèvres, que c'est à leur harmonie, à leur évocatrice tendresse qu'il répond quand, sentant son âme brûler à tous ces souvenirs, il s'écrie :

> Objets inanimés, avez-vous donc une âme,
> Qui s'attache à notre âme et la force d'aimer ?

« Le génie est une puissance d'aimer qui, comme tout amour véri-
« table, tend énergiquement à la fécondité et à la création de la
« vie » (2).

Nous nous trouvons ici en présence d'un fait psychologique et poétique très fréquent. Une série d'images, de souvenirs, infiniment riches et complexes, se dressent comme spontanément dans l'âme, la portent à une tension inaccoutumée, la font sortir du cadre étroit dans lequel elle vit habituellement, et la « dépaysent » à tel point, qu'elle ne se rend même plus compte de tout ce qu'elle découvre. La vision, pour elle, s'inscrit si intensément, qu'elle la projette inconsciemment au-dehors d'elle-même. Cette vision, elle la croit réelle, et que, par suite, tout le monde, comme elle, la connaît et la voit. Résumant donc cette vision très riche, frémissante d'une intense vie, que le poète voit, qu'il croit que nous voyons tous, il en rappellera négligemment deux ou trois traits, et conclura *en fait pour tout ce qu'il voit*, et dont il n'a à peu près rien exprimé. Cette conclusion dépassera les maigres détails qui précèdent et qui, sûrement, ne l'expliquent pas.

A tout moment, chez Racine, on rencontre cela. Tel mot, jeté comme au hasard, est la conclusion d'un long monologue intérieur dont nous n'avons rien su, et qu'il faut refaire pourtant pour com-

---

(1)   Objets inanimés, avez-vous donc une âme,
           Qui s'attache à notre âme et la force d'aimer ?
(2) J.-M. Guyau.

prendre le contenu explosif et terrible de ce mot. Dans le drame, l'action qui suit le mot en apparence non motivé nous le fait soudainement comprendre et révèle ce qu'il contenait.

Dans la poésie lyrique, et notamment ici, dans cette pièce de *Milly*, c'est la suite du poème, la notation successive des vers et des impressions du poète qui font comprendre ces vers prématurés et en éclairent la magnifique synthèse. Pour quelqu'un qui n'aurait encore jamais lu *Milly* et qui ne connaîtrait rien de Lamartine, ces lignes n'éveilleraient pas d'abord la résonance affective qu'ils contiennent en fait. Mais si, après avoir lu le poème, on le reprend à son début ; si on relit ces quatre premières strophes avec, en soi, tout l'ébranlement causé par la symphonie splendide de ces pages d'amour, de deuil et de tendresse, on sentira dans sa plénitude et dans son bruissement infini l'inanalysable nostalgie...

> Objets inanimés, avez-vous donc une âme,
> Qui s'attache à notre âme et la force d'aimer ?

Montagnes où s'accrochent les chèvres ; vallons où tremble, à l'automne, le rouge frisson des vignes ; saules, vieilles tours qui déchirez le vent, et le faites, le soir, si tristement pleurer...

Côteaux, sentiers rapides, fontaine et chaumière où s'usèrent tant de pas enfoncés dans la nuit, avez-vous, de toutes ces âmes disparues et qui un moment vous aimèrent, fait cette âme tremblante et cachée qui nous attache à vous, nous fait rêver de vous, toujours, dans la vie lointaine où nous sommes partis déchirer dans les durs chemins ces pas oublieux qu'appelaient si tendrement la mousse et la lumière de vos sentiers... Objets de notre nostalgie et de nos tendresses blessées et douloureuses, avez-vous donc une âme... ? (1).

Après ces strophes, une de ces descriptions brillantes et un peu conventionnelles que l'habileté de Lamartine lui permet désormais de jeter çà et là. N'oublions pas que c'est lui-même qui nous l'a dit dans le commentaire des Préludes : il peut, tout comme un autre, faire son morceau brillant et froid, quand il le juge utile. Ici, pour-

---

(1) « Il faut être déjà poète en soi-même pour aimer la nature : les larmes des « choses, les *lacrymæ rerum*, sont nos propres larmes. » « Il faut, pour comprendre la « nuit, sentir passer sur nous le frisson des espaces obscurs, de l'immensité vague et « inconnue. » J.-M. Guyau : *Pages choisies*, pp. 65-64.

tant, le tableau qu'il trace n'a rien d'artificiel. Tout ce qu'il dit, il
le sent et le pense. Lamartine a été toute sa vie trop sensible aux
spectacles naturels ; il a trop aimé la beauté des choses, pour que
nous supposions que la magnificence de la terre italienne ne le sédui-
sît pas dès l'abord (1). Pourtant cette minutieuse peinture est faite
tout entière pour le vers qui la termine, pour l'antithèse violente
qu'elle amorce, et dont la seconde partie va être, de beaucoup, la
principale. Ici, c'est encore, c'est surtout, la poésie du souvenir qui
va se donner libre cours. Et plus sera riche l'évocation du charme
propre à l'Italie : splendeur de son ciel, fraîcheur de ses eaux, den-
telures savantes de ses pics, jeune verdure de ses pentes, plus beau
ce spectacle, plus probant, plus révélateur, sera le thème éternel de
la force du souvenir, tout ce qu'il donne aux choses, tout ce qu'il
crée, son œuvre propre en un mot.

Il faut remarquer dans ces lignes un travail plus subtil, plus
profond, de la pensée, chez Lamartine. Jusqu'ici, quand le poète
nous avait parlé de ses souvenirs d'enfance, il le faisait sans point
de comparaison, dans l'absolu, presque sans nous donner les moyens
de juger de l'activité essentielle du souvenir. La vision naissait et
se réalisait peu à peu ; divine, vivante et tendre, elle surgissait du
passé lointain comme un de ces rêves que crée spontanément la vie
quand elle est trop brutale et veut pourtant nous laisser vivre en
suspendant, quelques secondes, l'horreur du présent ; la vision surgissait, toute de lumière, de paix et d'amour, et nous la subissions,
et nous aimions sa douceur, comme le poète lui-même.

Ici, autre chose. Si on veut subtiliser et démêler tous les sentiments qui créent l'état poétique, le travail propre du souvenir ne
nous apparaît pas d'abord. Le poète voit tels qu'ils sont les lieux
de son enfance : leur pauvreté, leur aridité, leur sécheresse ; tout
est comme à plaisir accumulé pour nous prouver que le charme du
souvenir n'agit pas, que son œuvre habituelle d'embellissement, il
ne la fait pas ici.

Approfondissons encore. Restons à ces pages riches où va nous
apparaître peu à peu le fait du souvenir, dans sa genèse et sa formation.

(1) Cf. Lamartine. Il parle d'un de ses amis, traducteur de Dante : « Les Italiens
« devraient revendiquer sa dépouille, comme ils devraient revendiquer un jour la
« mienne, si l'homme doit dormir en effet dans la terre qu'il a le plus aimée. » : *Souvenirs et Portraits*.

La vision est d'abord spatiale : un diptyque : d'un côté, l'éblouissement et la magnificence d'une terre où tout semble fait pour l'enchantement des yeux ; de l'autre, une vision terne et morne, aux teintes effacées, où rien n'attire, ne retient. Deux tableaux simultanés, comme enregistrés au même moment, sur la même plaque. Le poète voit tels qu'ils sont les lieux, parce que, une seconde, sa vision s'est levée, soudaine, sans qu'aucun travail de construction soit fait sur elle. On dirait d'un voile qui se déchire tout à coup, d'une montagne qui s'affaisse et découvre subitement les horizons qui, derrière elle, s'étendaient ; ou bien encore, une lunette puissante qui met au bout de son tube, tels qu'ils sont, les paysages les plus lointains, permettant ainsi la comparaison immédiate avec ce qui nous entoure.

Au début donc, et primitivement, la vision est spatiale. La mémoire nous apparaît dans son premier travail : la conservation des images, leur réapparition soudaine par ressemblance ou par contraste. Le parallèle est même à ce point balancé, et se répond si directement, qu'on saisit comme sur le vif ce travail de résurrection :

> J'ai vu des monts voilés de citrons et d'olives,
> Réfléchir dans leurs flots leurs ombres fugitives,
> Et dans leurs frais vallons, au souffle du zéphyr,
> Bercer sur l'épi mûr le cep prêt à mûrir.
> ....

Et au même moment, la vision opposée :

> Mais il est (1) sur la terre une montagne aride,
> Qui ne porte en ses flancs ni bois, ni flot limpide...,
> Dont par l'effort des ans l'humble sommet miné,
> Et sous son propre poids jour par jour incliné,
> Dépouillé de son sol fuyant dans les ravines,
> Garde à peine un buis sec qui montre ses racines......
> Quelques avares champs de nos sueurs payés,
> Quelques ceps dont les bras, cherchant en vain l'érable,
> Serpentent sur la terre ou rampent sur la sable......
> ....

Et de nouveau, le spectacle de la beauté italienne :

> J'ai vu des flots brillants l'onduleuse ceinture......
> S'étendre dans le golfe en nappes de lumière,
> Blanchir l'écueil fumant de gerbes de poussière,

(1) Remarquez ce présent qui donne son sens à tout ce que nous disons.

> Porter dans le lointain d'un occident vermeil
> Des îles qui semblaient le lit d'or du soleil......
> J'ai vu ces fiers sommets, pyramides des airs......
> Jusqu'au sein des vallons descendant par étages,
> Entrecouper leurs flancs de hameaux et d'ombrages......
> En pentes de gazon plus loin fuir et glisser.

Et au même moment :

> Quelques buissons de ronce, où l'enfant des hameaux
> Cueille un fruit oublié qu'il dispute aux oiseaux,
> Où la maigre brebis des chaumières voisines
> Broute en laissant sa laine en tribut aux épines......
> La terre, que la bêche ouvre en chaque saison,
> Y montre à nu son sein sans ombre et sans gazon :
> Ni tapis émaillés, ni cintres de verdure,
> Ni ruisseau sous des bois, ni fraîcheur, ni murmure.

Et l'antithèse finale, la plus accusée, mise comme volontairement en relief : pour toute la splendeur de l'Italie :

> Et mon cœur n'est pas là.

> Pour la pauvreté des collines mâconnaises :.

> Et c'est là qu'est mon cœur.

Mais la vision contemporaine et spatiale va bientôt se reculer dans le temps (1). Par delà la minute présente qui la fait surgir telle qu'elle est, elle va plonger dans l'ombre lointaine du souvenir, où tout devient si beau... Cette montagne, pauvre, sèche, rocailleuse et dure, où tout blesse et froisse, est celle où s'accrocha le nid si doux, où bruissaient tant de jeunes ailes... Le nid est froid, désormais, détruit en partie, vide du tiède duvet... Qu'importe ? On peut le voir encore, ou le revoir, dans le souvenir. *Le revoir...*, c'est sans doute ne plus *le voir* ; le créer de nouveau, c'est détruire la présente réalité.

Le souvenir est un poète, n'en fais pas un historien...

Mais la poésie n'est-elle pas, seule, vraie ?... La poésie, et sa tendresse, et son amour ? Ce qui fut, qui s'en occupe ? A quoi sert la froide et stricte vision réelle ? Ce qui importe, ce qui sert, ce qui donne éternellement des forces pour creér sans cesse la jeune et frémissante vie, c'est, non pas ce qui *fut*, un jour, dans le temps et

(1) « Je ne serais pas du tout surpris que les premières conduites relatives à la « durée soient un mélange confus de temps et d'espace. Guyau le disait déjà ; pour « lui, au commencement, l'espace et le temps sont confondus. » Pierre Janet : *L'Evolution...* Tome I, p. 160.

l'espace immense, mais ce qui *est* présentement dans le cœur, par le souvenir ; ce qui croît, palpite et tremble comme la vie ; l'agrandissement, par delà le passé réel et mort, dans le présent, vers l'avenir.

Si le passé survit, vit et agit, c'est justement parce qu'il est dans un souvenir, chaude et rayonnante lumière qui irradie ses contours morts, leur permet de croître et de s'accroître sans cesse.

> Ce sont là les séjours, les sites, les rivages,
> Dont mon âme attendrie évoque les images,
> Et dont pendant la nuit mes songes les plus beaux
> Pour enchanter mes yeux composent leurs tableaux.

Le souvenir crée les songes, prolonge les songes. Ils ne meurent pas avec la nuit. L'ombre du temps a plus de puissance que l'ombre de l'espace. Lointaine, permanente et toujours accrue, elle crée la forte réalité du souvenir. Comme l'ombre de la nuit, elle peut endormir le présent, effacer ses arêtes vives, ses aspérités, ses laideurs, et faire dans le jeu bizarre de sa lueur obscure, des constructions enchantées.

Quand l'amour crée, sa force est sans limites. Curieux enchevêtrement des choses ! L'amour crée le souvenir, et le souvenir rend plus fort l'amour. La mémoire garde des images ; plutôt, la puissance d'évoquer des images. Mais c'est *le souvenir qui crée*. Tout rappel, toute reviviscence, est une *création*. Tout le passé ne peut pas se conserver dans sa complexité. Seuls, subsistent, « des lambeaux, tombés de ses fresques immenses », des lambeaux triés inconsciemment par l'être sensible, retenus par je ne sais quelle puissance, lorsque tant d'autres vont mourir. Mais, par là-même, le souvenir n'étant pas reproduction intégrale, il est *choix*, c'est-à-dire, *création*. Le souvenir *crée* par un nouvel agencement d'éléments anciens. Pour Lamartine, la vision réelle et froide qu'il a un moment évoquée dans son esprit va disparaître ; et le souvenir, touchant de sa baguette magique ces débris qui semblaient morts, leur donnera la seule vie durable, permanente, la vie de l'œuvre d'art, née de l'amour, de l'inquiétude et du désir.

« La perception est commune à tous ; elle ne révèle point l'ori« ginalité de l'homme, L'élaboration par le souvenir déforme « l'objet, l'adapte au rêve intérieur, et traduit par le fait même la « nature intime de l'âme » (1).

(1) Pierre Jouanne : *L'Harmonie lamartinienne*, p. 246.

> Plus il sent, au torrent de force qui l'enivre,
> Qu'avoir vécu pour l'homme est sa raison de vivre ;
> Qui colore le monde en le réfléchissant,
> Dont la pensée est l'être, et qui crée en pensant ;
> Qui, donnant à son œuvre un rayon de sa flamme,
> Fait tout sortir de rien et vivre de son âme,
> Enfante avec un mot, comme fit Jéhova,
> Se voit dans ce qu'il fait, s'applaudit, et dit : Va. (1)

*
* *

Alors, dans *Milly*, commence l'évocation radieuse.

> Là, chaque heure du jour, chaque aspect des montagnes,
> Chaque son qui le soir s'élève des campagnes...,
> La lune qui décroît ou s'arrondit dans l'ombre,
> L'étoile qui gravit sur la colline sombre,
> Les troupeaux des hauts lieux chassés par les frimas...
> Le vent, l'épine en fleur, l'herbe verte ou flétrie,
> Le soc dans le sillon, l'onde dans la prairie,
> Tout m'y parle une langue aux intimes accents.

Et jamais encore, « la poésie du souvenir » n'a parlé comme elle va le faire ici. Le poète est rendu tout entier à sa vie ancienne. Milly, ses bois, ses côteaux, ses bruits, sa lumière ou son ombre; Milly, et son atmosphère de tendresse, de piété, de charité et d'amour, nous sont successivement rendus (2). Le poète n'oublie rien. Il sait toutes les pierres ; il voit l'arbre où s'abritait un nid frileux ; « les rochers, les torrents, les parfums, les images », tout, à l'enfant qu'il était et qu'il est à nouveau quelques instants, tout parlait et prenait peu à peu son âme mouvante... « Comme la brebis laissé aux buissons sa laine », il a laissé tout ce qui, un jour, fut lui...

> Là mon cœur en tout lieu se retrouve lui-même ;
> Tout s'y souvient de moi, tout m'y connaît, tout m'aime,
> Mon œil trouve un ami dans tout cet horizon.

La ligne lointaine des côteaux qu'il a vue si souvent se mêler aux bords du ciel devient le cadre immense où se dresse peu à peu le passé ressuscité. La voix grave du père donnant les ordres justes sitôt exécutés ; cette même voix groupant, le soir, les enfants pour

---

(1) Lamartine : *Epître à Walter Scott*. Cf. « Il n'y a ni *aujourd'hui* ni *demain* dans « les retentissements puissants de la mémoire, il n'y a que *toujours*. » Raphaël, 39.

(2) M. des Cognets a écrit : « Le lendemain, Lamartine offrit à Dargaud la promenade « à laquelle il conviait toujours ceux de ses visiteurs qui lui avaient inspiré de la « sympathie : il le conduisit à Milly. » *La vie intérieure de Lamartine*, p. 188.

leur dire les faits glorieux et sanglants dont il fut le témoin ; ce passé plus lointain qui s'inscrivait dans l'âme de l'enfant, du poète, le situant déjà hors du temps, préparant ainsi ce terrain unique où tout allait prendre un sens, où la substance du souvenir serait à ce point riche qu'on peut se demander s'il y eut un moment où la jeune âme ne fut pas souvenirs.

A remuer ces choses ; à voir se lever les heures mortes et vivantes ; à sentir dans cette éblouissante lumière de l'Italie les frissons pâles qui, le soir, tombaient sur le toit de Milly, il voit grandir et croître l'humble demeure. Elle se dresse, arche vivante, entourée des êtres et des choses qu'elle abrita. Palais, ou nid fragile ? Ruines de Thèbes, de Palmyre, ou masure que secouent les vents.., qu'importe ?...

> Rien n'est vil ! rien n'est grand ! l'âme en est la mesure ;
> Un cœur palpite au nom de quelque humble masure,
> Et sous les monuments des héros et des dieux
> Le pasteur passe et siffle en détournant les yeux.

Ici, comme toujours chez Lamartine, les souvenirs les plus nombreux, les plus tendres, les plus émus, vont à sa mère. Lamartine, c'est sa mère. Par un effort d'abstraction, on pourrait l'isoler, le séparer de tout. On pourrait l'enlever à Milly, à l'Italie, aux sites du Dauphiné ; on pourrait couper tous les fils qui le rattachent à un lieu quelconque ; on ne peut pas le séparer de sa mère. Nous l'aurions compris, à pénétrer seulement son âme ; à essayer de démêler les éléments divers qui ont fait peu à peu la résonance exceptionnelle de cette nature, cette sorte de fluidité, de tendresse, qui le coule dans tous les êtres, quelque chose de l'éternel féminin que tous ont reconnu en lui. Nous l'aurions compris par cela seul. Mais il a passé sa vie à le dire et le redire ; toute son œuvre est comme écrite à la gloire de l'amour maternel par le plus tendre culte filial. Directement, ou dans des vers voilés d'une ineffable tendresse, il revient sans cesse à cet être d'exception que semble bien avoir été sa mère. Plus tard, très tard, dans la détresse du long et triste hiver de sa vie, à chaque fois qu'il parlera d'un écrivain, d'un artiste, d'un poète, dans ses « *Entretiens* » et ses « *Souvenirs* », il mettra toujours auprès de lui sa mère, la seule puissance qui pour lui explique tout à fait l'homme. Qu'il s'agisse de Musset, de Vigny, d'Adolphe Dumás, de Louis de Ronchaud, de Victor de Laprade, de Mistral ; dans toute cette œuvre critique qui se dresse en face de son œuvre poétique et semble la continuer ; où se retrouvent si souvent les mêmes images, on entend comme battre le cœur de toutes les mères ; (1) ce sont elles qui nous présentent leur fils ; et revivant toujours son passé et ses souvenirs, Lamartine semble sans cesse nous dire que sans ces divines tendresses nous n'aurions pas tant d'œuvres que nous admirons, qui font plus douce la vie, plus rayonnante la lumière.

Dans *Milly* donc, une fois encore, l'expression de sa plus tendre affection va à sa mère. Piété, charité, amour, reconnaissance, elle leur enseignait tout à la fois. Penchée sur les plus humbles misères, elle n'écartait pas ses enfants des chaumières où l'on pleure, des pauvres lits pitoyables où l'on souffre, où l'on meurt. Au contraire ; elle chargeait leurs petits bras tremblants des dons que sa main laborieuse avait préparés, le soir, quand tous les oiseaux dormaient dans le nid. Son âme vigilante les gardait comme une aile ; elle éloignait d'eux les vents empoisonnés du monde qui, trop tôt sentis sur les jeunes plumes, blessent pour toujours la chair et l'âme fragiles.

> Voilà la place vide où ma mère à toute heure,
> Au plus léger soupir sortait de sa demeure,
> Et, nous faisant porter ou la laine ou le pain
> Vêtissait l'indigence ou nourrissait la faim ;
> Voilà les toits de chaume où sa main attentive
> Versait sur la blessure ou le miel ou l'olive...
> Et tenant à la main les plus jeunes de nous,
> A la veuve, à l'enfant qui tombaient à genoux,
> Disait en essuyant les pleurs de leurs paupières :
> Je vous donne un peu d'or, rendez-leur vos prières...
> ....
> C'est ici que sa voix pieuse et solennelle
> Nous expliquait un Dieu que nous sentions en elle...
> Nous enseignait la foi par la reconnaissance,

(1) « ...... comme ces haltes du voyageur, quand le jour va tomber et qu'il aperçoit « déjà les clochers de la ville où le sommeil l'attend après les lassitudes de la « route. » *Souvenirs*. Cf.
> Ainsi qu'un voyageur qui, le cœur plein d'espoir
> S'assied avant d'entrer aux portes de la ville.
>   *Le Vallon.*

et cette image encore : « sa figure nous était demeurée gravée dans la mémoire, comme « un de ces songes qui passent devant notre esprit dans la nuit, et qu'on ne peut «chasser de ses yeux après de longs jours écoulés. » *Souvenirs*. Cf.
> L'amour seul est resté, comme une grande image
> Survit seule au réveil dans un songe effacé.
>   *Le Vallon.*

> Et faisait admirer à notre simple enfance
> Comment l'astre et l'insecte invisible à nos yeux
> Avaient, ainsi que nous, leur père dans les cieux.

Plus tard, quand il eut perdu cette divine mère, tout ce qui la lui rappelait était à ce point douloureux que, spontanément, d'un geste, il essayait d'en écarter le souvenir. Et ce sentiment est à ce point profond, permanent, chez lui, qu'il ne craint pas de le prêter aux autres. Chez Dante, dit-il, « il ne manque là que la mère ou le « souvenir de la mère absente ; mais le poète a senti avec un mer- « veilleux instinct qu'il fallait écarter la mère de ce groupe ; sans « quoi, on n'aurait pu achever la lecture : le cœur se serait brisé à « son premier sanglot ou seulement à sa première mémoire » (1).

Dans *Milly*, après les vers consacrés à sa mère, vient le souvenir de ses sœurs, des jeux d'enfants dans les bois, près des sources, à la poursuite des nids. Résurrection de toutes ces longues et heureuses journées de l'enfance, agile comme le vent, et qui n'a pas plus que lui l'idée de l'effort et de la durée.

C'est ici, c'est dans ce vagabondage continué tout le jour et repris tous les jours qu'avant le triste internat, Lamartine a laissé se former son âme. Le bruit des choses l'a peu à peu pénétré : plainte du vent, cris de la girouette sur la tour solitaire, appels des troupeaux, chants des bergers qui flottaient toujours, invisibles et monotones, au-dessus des collines, traversant la plaine, portant partout l'impression d'une vie calme et forte, jamais interrompue, semblable, dans la succession prévue de ses travaux, au rythme éternel des saisons. L'enfant se sentait mêlé à l'harmonie universelle ; une lente et douce impression le pénétrait peu à peu, le sens mystérieux de l'union qui rapproche l'homme de la terre, le mêle à toute sa vie profonde et sans cesse créatrice. Le souffle des bois, la respiration puissante des bœufs sous le joug, les coups réguliers de l'outil qui,

---

(1) *Cours familier*, 20. Cf. *Le Tombeau d'une mère* :

> Là dort dans son espoir celle dont le sourire
> Cherchait encor mes yeux à l'heure où tout expire,
> Ce cœur, source du mien, ce sein qui m'a conçu,
> Ce sein qui m'allaita de lait et de tendresses,
> Ces bras qui n'ont été qu'un berceau de caresses,
> Ces lèvres dont j'ai tout reçu.

Cf. Pierre Janet : « Les hommes ont une conduite de la mort...... La mort « supprime les fonctions et les actions...... Il est absolument fou de conserver de « l'amour pour une personne qui est morte...... toutes les actions vis-à-vis de cette « personne sont perdues...... elles ne sont plus bonnes à rien...... peu à peu, nous « les perdrons toutes...... Les individus intelligents sont malheureusement des cœurs « secs et des ingrats. » *L'Evolution...*, tome I, pp. 147-149.

au matin, dans les cours des fermes, rend tranchante la faux ; tous les cris ardents des choses que l'enfant recueillait sans le savoir le mêlaient à la vie féconde et intarissable des glèbes labourées...

« Les couples mugissants, attelés dès l'aurore à la charrue, fai-
« saient fumer les collines aéfrichées de leur haleine et de leurs
« sueurs, comme des chaudières vivantes de force animale évaporées
« au soleil d'été sur les sillons » (1).

> Là, guidant les bergers aux sommets des collines,
> J'allumais des bûchers de bois mort et d'épines,
> Et mes yeux, suspendus aux flammes du foyer,
> Passaient heure après heure à les voir ondoyer.
> Là, contre la fureur de l'aquilon rapide,
> Le saule caverneux nous prêtait son tronc vide,
> Et j'écoutais siffler dans son feuillage mort
> Des brises dont mon âme a retenu l'accord.
> Voilà le peuplier qui, penché sur l'abîme,
> Dans la saison des nids nous berçait sur sa cime
> Le ruisseau dans les prés ....
> Le chêne, le rocher, le moulin monotone......

« C'est là, dira plus tard le poète, que nous avons pris tous le
« goût passionné et l'habitude de la vie des champs, qui élargit
« l'âme, en opposition avec les séjours des villes qui la rétrécit. L'es-
« pace grand devant les pas, le ciel libre sur la tête, rendent l'âme
« vaste et l'esprit indépendant » (2).

« J'étais né dans les champs ; mes premiers spectacles avaient
« été les ombres des bois, les lits des ruisseaux..., les génisses dans
« l'herbe, les chevreaux sur les rochers, les bergers et les bergères
« accroupis sur les gazons au pied des blocs de grès » (3).

« Jamais homme ne fut élevé plus près de la nature et ne suça
« plus jeune l'amour des choses rustiques... Tantôt c'était la mon-
« tagne avec ses cavernes... ; tantôt la vendange avec ses chars rem-
« plis de raisins... ; tantôt la moisson et le seuil de terre où je battais
« le blé en cadence avec le fléau proportionné à mes bras d'en-
« fant » (4).

Tout le long poème de *Milly* s'achève et se complète à la lecture des *Confidences*. Ces deux œuvres ne devraient pas se séparer.
Toute cette poésie du regret, cette nostalgie des biens perdus et

(1) Lamartine : *Souvenirs et Portraits*, I, 43.
(2) *Souvenirs et Portraits*.
(3) *Souvenirs et Portraits*, I, 59.
(4) *Confidences*, IV, 62.

passés à d'autres mains, qui remplit les œuvres en prose, s'annonce déjà dans *Milly*, à cette époque si brillante pourtant de la vie du poète. Telle page des *Confidences* est comme inscrite, vingt ans d'avance, dans ces vers. La vie a réalisé les tristes pressentiments.

> Tout est encor debout ; tout renaît à sa place,
> De nos pas sur le sable on suit encor la trace,
> Rien ne manque en ces lieux qu'un cœur pour en jouir :
> Mais, hélas ! l'heure passe et va s'évanouir......

L'ombre penchante du jour, même dans la splendeur de la lumière italienne, couche déjà sur le sol, comme près d'un tombeau, la maison aux volets clos. Déjà,

> La vie a dispersé, comme l'épi sur l'aire,
> Loin du champ paternel les enfants et la mère ;
> Et ce foyer chéri ressemble aux nids déserts
> D'où l'hirondelle a fui pendant de longs hivers.

La comparaison naît et se dessine ; la comparaison, toujours reprise ensuite, du nid vide et abandonné. *Milly*, le poème de la mâturité ,que nous avons vu s'esquisser d'abord comme une anti-thèse spatiale entre la splendeur de l'Italie et l'âpre pauvreté des collines mâconnaises, s'étend plus que tout autre dans le long espace des jours, embrassant à la fois le passé et l'avenir. Des heures tristes s'annoncent ; le poète voit l'ombre des détresses futures et pressent, prochaines peut-être, les aubes de deuil. Comme s'il était impossible de poser à l'abri son cœur sur la terre tremblante, la symphonie finale du poème agite, mêle, secoue, départs, séparations et deuils, les éternelles et inguérissables brisures qui lézardent, dans toutes les tempêtes, nos pauvres cœurs.

*
* *

L'idée du temps, du temps implacable qui, comme arrêté, nous regarde passer, voyant successivement, dans son indestructible durée, nos sourires et nos pleurs, l'idée du temps irréversible est déjà ici. Berceaux et nids ; aube souriante des jeunes matins, inquiétude pré-sente, visions prochaines des tombeaux, tout y est. Le poète en cette heure divinatrice a tout vu : passé, avenir. Aux bords mouvants de la coupe où trempent ses lèvres, quelle que soit encore la douceur du liquide, il pressent l'agitation éternelle des choses. *Milly*, dans sa haute vision, déroule fresques fastueuses, humbles tableaux idyl-liques, morne apparition des tombeaux. Il soulève le voile que l'agitation bruyante de la vie jette sur ce qui a précédé et sur ce qui va suivre. La poésie ne vit pas dans le présent ; elle monte, du mouvement naturel de ses ailes, au niveau des choses éternelles. La poésie revoit et prévoit. Elle est divination, parce qu'elle est amour ; elle est divination, parce qu'elle est souvenir. Et mieux que tout autre poète, Lamartine nous fait comprendre ce sens de la poésie. Née de nostalgie et de regrets, elle se meut dans l'espérance radieuse des futurs et intangibles bonheurs. Dépassant la fragilité des éphémères choses, elle éveille en nous le désir et l'attente des heures éternelles.

La poésie, vague immense, dépasse le temps et nous dépose aux plages radieuses où ne pleurent plus nos terrestres misères.

Cette poésie du souvenir que nous étudions chez Lamartine, c'est la poésie de l'espérance, des jeunes et impatients réveils. Le mouvement d'alternance qui caractérise sa nature, et qui n'est que le mouvement rythmique de la vie porté à sa plus haute expression, oscille sans cesse du souvenir à l'espérance. *La Vigne et la Maison* nous le montrera splendidement. Ce poème, qui aurait pu être le poème de l'inconsolable douleur, s'élèvera et s'apaisera dans les plus confiantes visions. Une secrète harmonie le pénètre. C'est le calme qui suit la tempête ; l'apaisement que donne la certitude prochaine des terres où l'on arrive peu à peu, après la secousse des grandes eaux.

Milly n'a encore ni cette douleur, ni cette sérénité. Pris actuellement dans le remous de la vie, de la haute nef où il navigue, le poète hésite entre le passé et l'avenir. Ce passé palpite, frémissant, tout près de lui.

Tout est encor debout ; tout renaît à sa place.

Il appelle, attire, enchante. Voix des sirènes. Un coup de barre, et on pourrait peut-être cingler à nouveau vers ce passé, s'y perdre, oublier le présent.*La Vigne et la Maison* n'aura plus ces possibilités de retour vers les rives abandonnées. Il ne restera au poète qu'à voguer aux futures plages. Dans *Milly* déjà, avec plus d'alternances et d'hésitations, le poète a cinglé enfin vers les futures espérances. Dépassant les eaux qui un moment le ramenaient au passé ; tournant les voiles, il les donne, confiant, aux brises où frémissent toutes les promesses de l'abordage aux terres éternelles.

Et quand du jour sans soir la première étincelle
Viendra m'y réveiller pour l'aurore éternelle,
En ouvrant mes regards je reverrai les lieux
Adorés de mon cœur et connus de mes yeux,
Les pierres du hameau, le clocher, la montagne,.
Le lit sec du torrent et l'aride campagne ;
Et, rassemblant de l'œil tous les êtres chéris
Dont l'ombre près de moi dormait sous ces débris,
Avec des sœurs, un père, et l'âme d'une mère,
Ne laissant plus de cendre en dépôt à la terre,
Comme le passager qui des vagues descend
Jette encore au navire un œil reconnaissant,
Nos voix diront ensemble à ces lieux pleins de charmes
L'adieu, le seul adieu qui n'aura point de larmes.

*
* *

La Vigne et la Maison

Ce poème est tout a fait différent de ceux que nous avons étudiés jusqu'ici. Dans la poésie du souvenir, dans la poésie de Lamartine, il les résume et les dépasse tous, aussi bien par la grandeur de l'émotion et du sentiment que par l'ampleur et la résonance profonde des vers. Ici, comme disait M. P. Hazard, « tout est sursaturé d'émotion » (1). Et d'une émotion à la fois grave et tendre qui fait comme sonner, dans cette symphonie funèbre, à coté des glas, le carillon joyeux des baptêmes et des tendres matins. « On aime les lieux où « l'on a aimé. Ils semblent nous conserver notre cœur d'autrefois et « nous le rendre intact pour aimer encore » (2).

« Intact » et agrandi. Il retrouve tout ce qu'il a eu, tout ce qu'il a été, plus toute la vie nouvelle que les crépuscules et les aurores inscrivaient à chaque jour dans ses fibres, et qui, de jeune et palpitante vie, est devenue la sage expérience douloureuse du vieillard. Rien n'a disparu ; tout s'est accru. Et si cette totalité des souvenirs est reléguée habituellement à l'arrière-plan de notre activité, une émotion peut, comme on l'a dit, la faire remonter toute à la surface, vivante comme aux jours anciens, plus ardente même, dans ses tendresses retrouvées,

(1) « Après 1848, lorsqu'il se vit abandonné, déchu....., il alluma la lampe du « souvenir...... Ainsi naquit, dans un court espace d'années, une série d'œuvres qui « présentent ce commun caractère d'être sursaturées d'émotion. » P. Hazard : *Lamartine*, p. 96.
(2) *Confidences*. Préface, 6.

tels ces soleils d'automne qui jettent sur la rouille des feuilles une chaude et éclatante lumière que ne pouvaient donner les timides matins du printemps.

« Mon Dieu, j'ai souvent regretté d'être né ! J'ai souvent désiré
« de reculer jusqu'au néant, au lieu d'avancer à travers tant de
« mensonges, tant de souffrances et tant de pertes successives, vers
« cette perte de nous-mêmes que nous appelons la mort ! Cependant,
« même dans ces moments où le désespoir l'emporte sur la raison,
« et où l'on oublie que la vie est un travail imposé pour nous ache-
« ver nous-mêmes, je me suis toujours dit : il y a quelque chose que
« je regretterais de n'avoir pas goûté, c'est le lait d'une mère, c'est
« l'affection d'un père, c'est cette parenté des âmes et des cœurs
« avec des frères ; ce sont les tendresses, les joies et même les tris-
« tesses de la famille...... image de la sainte et amoureuse unité des
« êtres révélée par le petit groupe d'êtres qui tiennent les uns aux
« autres et rendue visible par le sentiment » (1).

A Milly, en cet automne de 1857, il ne restait au poète presque rien de ce qui avait été sa famille et son berceau. Dispersés, « comme le blé sur l'aire », êtres et choses. Ici, dans cette détresse, bien plus que le travail habituel et inéluctable du temps. La vie jette et disperse souvent les êtres et les choses familières. Mais le nid peut rester ; la maison accrochée au rocher, solide comme lui, qu'une tendresse fervente sait encore faire vivre, ou revivre, aux heures des anni-versaires et des fragiles revoirs.

Pour Lamartine, autre chose. Le toit, le jardin, le côteau où errent maintenant ses yeux, sont, ou vont passer, à des mains étran-gères. La brillante jeunesse du poète où la gloire le portait sur ses ailes a fait place au sillage des oiseaux rapaces de l'hiver. « Cesser
« à la fois d'être compris et d'être aimé, c'est ce qui m'arrive tous
« les ans, on ne s'y habitue pas » (2).

Pourtant, en ce poème, on sent comme une halte dans la montée du douloureux calvaire. Un apaisement, une rectitude, dans la bru-talité arrêtée de la vie. « La poésie, a-t-on dit souvent, apaise et harmonise ». Bien plus, elle ne naît que d'une paix et d'une har-monie. Il faut avoir traversé sa douleur, dépassé le ciel noir de l'orage, pour exhaler et chanter sa plainte. Nous ne trouvons rien,

(1) *Confidences*, I, 18-19.
(2) Lamartine Cité par Ch. Fournet, p. 111.

ici, de l'amertume de certaines pages de *Souvenirs et Portraits* (1).

Il a suffi au poète de retrouver le cadre ancien pour retrouver apaisement et sérénité.

> ...... Il n'écoutait plus la voix de son génie,
> Ni l'ami, ni l'oiseau, ni le vent dans les bois ;
> Il sonnait le tocsin de sa vie aux abois.
> La saison et sa peine étaient en harmonie ;
> Sa demeure en débris et les feuilles tombaient ;
> Les bois tristes, les cœurs sans espoir succombaient.
> Sur sa noire jument, à la tête étoilée,
> Il allait, en causant, sous la nuit de l'allée,
> Comme sa sombre vie au fond de l'inconnu ;
> Il n'avait plus d'étoile et son ciel était nu.
> Au retour, un autre homme apparut ; la nature,
> Les amis revenus, les haltes, ici, là,
> La paix du soir, avaient apaisé sa torture. (2)

Ainsi, dès les premiers mots de la *Vigne et la Maison*, sentons-nous plus de calme et de sérénité. Après les premières révoltes et les premiers sursauts du cœur blessé, il y a, dans le fait de connaître enfin sa douleur et de l'accepter quelle qu'elle soit, une morne, mais incontestable joie.Comme un sédatif sur une plaie. On éprouve une jouissance à seulement moins souffrir. Je ne sais qui remarquait qu'il y a dans toute douleur, physique ou morale, un rythme, une alternance qui fait toujours succéder, au paroxysme de la sensation douloureuse, une période où, littéralement, « on ne sent plus ». La douleur est comme dépassée par l'intensité même de la douleur. Quelques secondes, ou quelques minutes, successivement, revient la vague stupéfiante qui rejette au-delà de la douleur.

Le poète est à un de ces moments. La vieillesse commencée peut laisser croire prochaine la délivrance. De cette plage nouvelle où

(1) « Mon devoir consciencieux est de lutter à mort contre les iniquités, les humi-
« liations, les calomnies, les avanies de toute nature dont la France me déshonore
« et me travestit, en retour de quelques erreurs, peut-être, mais d'un dévouement,
« corps, âme et fortune, qui ne lui a pas manqué dans ses jours de crise, à elle. »
« Jamais je ne pardonnerai à mon pays de m'avoir forcé, par sa dureté de cœur,
« à vendre, en pleurant sur sa crinière, mon dernier cheval de selle, nourri, élevé,
« dressé par ma main. » « Pays de Shylocks, qui laisse vendre la chair de l'homme... »
Souvenirs et Portraits, III, pp. 220-285. Cf. « Je meurs, je meurs contristé et indigné ;
« l'échafaud politique m'aurait paru bien plus doux que le long et honteux supplice
« auquel la France me fait succomber. » Lamartine. Cité par Ch. Fournet : *Lamartine
et ses amis suisses*, p. 145.

(2) Vers de Charles Alexandre, après une visite à Lamartine, à Saint-Point. Recueil-
lis dans *Souvenirs et Portraits*, III, 320.

l'on arrive, on pressent et on discerne déjà l'horizon où ruisselle
à flots la lumière des proches demains éternels.

> La nuit tombe, ô mon âme ! un peu de veille encore !
> Ce coucher d'un soleil est d'un autre l'aurore.
> Vois, comme avec tes sens s'écroule ta prison !
> Vois, comme aux premiers vents de la précoce automne
> Sur les bords de l'étang où le roseau frissonne,
> S'envole brin à brin le duvet du chardon !...
> . . . .
> Dans un lointain qui fuit ma jeunesse recule,
> Ma sève refroidie avec lenteur circule,
> L'arbre quitte sa feuille et va nouer son fruit :
> Ne presse pas ces jours qu'un autre doigt calcule,
> Bénis plutôt ce Dieu qui place un crépuscule,
> Entre les bruits du soir et la paix de la nuit.
> . . . .
> Veux-tu que, remontant ma harpe qui sommeille,
> Comme un David assis près d'un Saül qui veille
> Je chante encor pour t'assoupir ?

Le poète parle à son âme, le poète sensible toujours à tous les
renouveaux, à toutes les espérances. Le poète qui sans cesse promène
sa main sur toutes les harpes, sur toutes les cordes ; dont la vie est
de chanter, de chanter toujours, même auprès de la mort : « Les
« grandes émotions, même celles de la mort sont lyriques. J'ai vu
« expirer un jeune homme et une jeune femme en chantant. Leurs
« âmes s'envolèrent dans deux strophes dont la cadence musicale
« faisait un horrible contraste avec la mort. Ils se pleuraient eux-
« mêmes en harmonieux gémissements, et leurs oreilles semblaient
« jouir de leurs propres lamentations » (1).

Mais à cet appel du poète, l'âme ne veut pas répondre ; l'âme,
qui est restée dans la vieille demeure, immobile, et souffrant comme
les choses tout ce que les choses souffraient. La brise des jeunes
matins ne la réveille plus, et elle ne perçoit que les anciennes harmonies. Comme la chaîne rouillée du puits, elle entend, dans son
inutile vie, le murmure ardent du jardin dans les printemps pleins
de sèves et de cris. Mais de ces bruits, elle se détourne, pour écou-
ter derrière le côteau le glas lointain qui pleure une âme, tendre
sœur, vieille comme elle, et si aimée.

(1) Lamartine : *Souvenirs et Portraits*, I, 114.

> Non ! Depuis qu'en ces lieux le temps m'oublia seule,
> La terre m'apparaît vieille comme une aïeule
> Qui pleure ses enfants sous ses robes de deuil.
> Je n'aime des longs jours que l'heure des ténèbres,
> Je n'écoute des chants que ces strophes funèbres
> Que sanglote le prêtre en menant un cercueil.

Et le poète reprend, le poète parle à nouveau, le poète qui ne veut pas consentir au silence, parce qu'il y a une douceur divine à se souvenir, à se laisser porter par toutes les jeunes brises, même si l'on est vieux et lassé, *surtout* si l'on est vieux et lassé. Les yeux n'ont plus de larmes. On a épuisé toutes ses larmes pour tant de douleurs rencontrées. Alors près de la maison « où la vie fut neuve », se souvenir, sourire et aimer. Oublier l'heure présente et les tragiques adieux ; ou bien, les revivre, mais sans angoisse, si près de la tombe et du linceul qui sera tiède à notre corps, tiède de toute la vie qu'a désormais la mort, puisque le poète a vu successivement se coucher dans l'ombre tous ceux qu'il aimait.

> Pourtant, le soir qui tombe a des langueurs sereines,
> Que la fin donne à tout, aux bonheurs comme aux peines ;
> Le linceul même est tiède au cœur enseveli :
> On a vidé ses yeux de ses dernières larmes,
> L'âme à son désespoir trouve de tristes charmes,
> Et des bonheurs perdus se sauve dans l'oubli.
> ....
> Cette heure a pour nos sens des impressions douces
> Comme des pas muets qui marchent sur des mousses :
> C'est l'amère douceur du baiser des adieux.
> De l'air plus transparent le cristal est limpide,
> Des monts vaporisés l'azur vague et liquide,
> S'y fond avec l'azur des cieux,
> Je ne sais quel lointain y baigne toute chose...
>
> ....
> Viens, reconnais la place où ta vie était neuve !
> N'as-tu point de douceur, dis-moi, pauvre âme veuve,
> A remuer ici la cendre des jours morts ?
> A revoir ton arbuste et ta demeure vide,
> Comme l'insecte ailé revoit sa chrysalide,
> Balayure qui fut son corps.

Et pour le poète, la vision se précise, se presse, se dresse. L'évocation naît peu à peu, puis grandit soudainement par l'effet de cette magie et de cette force du souvenir dont nous avons si souvent parlé. Ce mirage du passé qui relève lentement toutes choses. A chaque touche, à chaque ligne nouvelle, le poète met là, remet là, quelque chose qui une fois exista et qui de nouveau existe. Et phénomène étrange ! La construction est successive. Dans l'alternance du dialogue, pour nier ou affirmer les chères présences disparues, le poète et l'âme arrivent à reconstruire, à refaire toute l'ancienne vie.

D'abord, il semble au poète que

> Des lieux où notre œil se promène,
> Rien n'a fui que les habitants.

Mais, peu à peu, les habitants reviendront, eux aussi. Dans la poussière tranquille qui s'est posée sur les choses en attendant que reviennent les êtres, il verra se dessiner les pas des présences réveillées.

Les choses sont là, visibles, tangibles, comme vivantes, tout près du poète. Tandis que les morts vivent... ou dorment, ensevelis dans son âme. Il faut les réveiller, les appeler doucement, comme une mère qui se penche tout près sur le lit, pour appeler, d'une voix douce, l'enfant, et éviter le choc brutal, le sursaut du réveil. Les morts non plus ne peuvent pas se dresser soudainement dans la lumière. Il faut que les attendent, les appellent, les sollicitent peu à peu les objets. Il faut que les objets soient comme recouverts et voilés pour ne pas blesser les ombres. Les bruits et les choses sont adoucis, atténués. La mort a passé là, et y repassera. Il ne faut donc pas que la vie ardente la blesse, et la fasse de nouveau s'enfoncer dans la nuit ; dans cette nuit dont le poète veut la tirer. Juste, une notation de la vie présente, une seule :

> ...... le cri des vendanges
> Qui monte du pressoir voisin.

Tout le reste, ce sont des bruits lointains, apaisés :

> Contemple la maison de pierre,
> Dont nos pas usèrent le seuil :
> Vois-la se vêtir de son lierre
> Comme d'un vêtement de deuil....
> ....
> Vois les sentiers rocheux des granges
> Rougis par le sang du raisin...
> ....
> Autrefois ses pampres sans nombre
> S'entrelaça'ent autour du puits ;
> Père et mère goûtaient son ombre,
> Enfants, oiseaux rongeaient ses fruits.

> Il grimpait jusqu'à la fenêtre,
> Il s'arrondissait en arceau ;
> Il semble encor nous reconnaître,
> Comme un chien gardien d'un berceau.

Mais l'âme se défend encore et ne veut pas regarder les choses. Dans toute cette vision qui console le poète, elle ne trouve pas ce qu'elle cherche. A ce lent réveil des morts de l'ombre protectrice, elle ne croit pas. Elle les a attendus trop longtemps, seule, quand le poète, plus loin dans la ville immense, se mêlait peut-être à la jeune vie. Elle a vu peu à peu la lente destruction que fait ici, comme partout, le temps : pierres disjointes, gouttières brisées qui tracent sur la vieille façade le large sillon des larmes. L'araignée a posé sa toile, voile du temps, et les volets que nùlle main diligente n'ouvre ou ne ferme, battent les murs, tristement. Ah ! les vieilles, et chères et tendres choses que le temps fait mourir !... Ne plus les voir, ou les voir joyeuses et vivantes comme autrefois (1).

> Que me fait le côteau, le toit, la vigne aride ?
> Que me ferait le ciel, si le ciel était vide ?
> Je né vois en ces lieux que ceux qui n'y sont pas...
> . . . .

> Le mur est gris, la tuile est rousse,
> L'hiver a rongé le ciment.
> Des pierres disjointes la mousse
> Verdit l'humide fondement ;
> Les gouttières que rien n'essuie,
> Laissent en rigoles de suie
> S'égoutter le ciel pluvieux,
> Traçant sur la vide demeure
> Ces noirs sillons par où l'on pleure
> Que les veuves ont sous les yeux
> . . . .

> Les volets que le moineau souille,
> Détachés de leurs gonds de rouille,
> Battent nuit et jour le granit ;
> Les vitraux brisés par les grêles
> Livrent aux vieilles hirondelles
> Un libre passage à leur nid.
> . . . .

(1) Cf. « Le temps fait vieillir toutes les choses qui ont de la vie. Le temps marque « son empreinte parce qu'il les métamorphose, les transforme, les fait différentes de « ce qu'elles étaient. Le vieillissement, c'est le fond du temps. » P. Janet : *L'Evolution...*, tome III, pp. 601-602.

« Quand on sait toutes les œuvres du temps et qu'on en voit les
« débris sur toute la terre, on l'appelle de son vrai nom, le grand
« créateur, mais aussi le grand destructeur du monde ou plutôt le
« grand changeur, le grand rénovateur de tout. Mais le grand pro-
« gressiste, c'est un contre sens à son nom, car il démolit sans cesse
« tout ce que sans cesse il construit » (1).

La décrépitude des choses ne laisse subsister que l'ombre des
anciens jours ; et dans les heures ardentes où le soleil brûle la terre,
donnant aux collines leur éternelle jeunesse, cette persistante beauté
des vignes éblouies sous les chauds rayons, l'ombre immense et
silencieuse sort de la maison. Elle la sépare de la vie frémissante,
l'isole et la garde, chose tremblante couchée au pied du vieux mur,
mobilité fragile près de l'immobilité solide des pierres.

> Une ombre lourde d'heure en heure
> Se détache sur le gazon :
> Et cette ombre, couchée et morte,
> Est la seule chose qui sorte
> Tout le jour de cette maison...

L'âme est descendue peu à peu dans l'abîme de la détresse. Ce
long dialogue près des choses mortes a excité jusqu'à l'angoisse
toutes les vieilles souffrances.

Se souvenir, souffrir ? Serait-ce donc même chose ? L'éternel
problème de la vie et de la mort ne se pose donc, à chaque fois, aux
êtres, que pour les faire plus souffrir ? Travail de la mémoire,
incompréhensible puissance, foyer où l'on se chauffe, et vent froid
qui monte de la nuit, sur les grandes routes du temps où tremblèrent
nos pas...

O mémoire ! Réceptacle des anciennes tendresses, ne poserez-
vous toujours que cendres amères sur les trésors mystérieux de
notre cœur ?... Toute notre pauvre vie s'est réfugiée en lui. Nous
n'avons plus de vivant que son rythme indestructible qui bat à
grands coups dans la nuit envahissante, horloge éternelle de l'éternel
amour... Les longues heures qui se sont inscrites lentement au
cadran des choses, il les a toutes retenues. Jeunesse, amour, affres
des agonies, folle tendresse des jeunes mères, tout ce qui fut la vie,
il le sait encore. Et le bruit des croissances et des décrépitudes...

(1) Lamartine : *Souvenirs et Portraits*, III, 189.

Non, non, temple des souvenirs ! Mémoire bénie, vous ne nous faites pas souffrir toujours. « *Se souvenir, c'est vivre* » ; et la vie est belle de son seul déroulement, du mouvement immense qui l'étend dans la nuit. Dans cet espace obscur où brillent à peine, lointaines, les étoiles, souvenirs, mers étoilées, où palpite la voile humaine, vous seuls êtes la vie et l'amour.

Angoisse, bonheur ou tristesse, qu'importe ? Etre, être, être. Etre quelque chose dans la nuit envahissante, même une souffrance, si elle sait entendre et garder le cri fervent du monde...

« L'homme est Dieu par la pensée... Il se contemple lui-même,
« il se comprend, il se possède, il se ressuscite... En un mot, il revit
« tant qu'il lui plaît de revivre, par ses souvenirs. C'est sa souffrance
« quelquefois, mais c'est sa grandeur » (1).

« Ce à quoi les êtres aspirent du plus profond d'eux-mêmes,
« c'est *la vie*. Depuis l'aurore des temps, ce désir a cherché, tâtonné,
« lutté, pour obtenir la victoire. Au début, il a cherché en aveugle.
« Sur les globes morts qui roulaient dans l'espace, la vie naissait,
« mais ensevelie. Les êtres se mouvaient dans la matière, pullulaient
« dans les eaux, dans la terre, dans l'air ; mais leurs yeux étaient
« encore fermés... Ils avaient une conscience, mais celle de l'instant
« présent. Leur mémoire ne dépassait pas la seconde précédente...
« Au cours des siècles innombrables, les êtres ont peu à peu ouvert
« les yeux. Ils se sont éveillés et ont regardé le monde en face. Et il
« me semble que c'était là le but de leurs longs efforts : soulever
« la tête au-dessus des eaux. Tel est encore le but de nos efforts et
« de nos luttes... Ne sommes-nous pas toujours, dans l'ensemble,
« des monades qui glissent, rêvent et cherchent ?... Dans la plupart
« de nos moments, nous vivons une toute petite vie... C'est à notre
« besoin d'actualité que, selon moi, la poésie donne satisfaction » (2).

Ici, dans la poésie de Lamartine, l'âme cède à la lente sollicitation du passé, et de la vie, qui veut de nouveau être. Près des choses mortes qui se révélaient dans leur morne tristesse, elle a,

---

(1) Lamartine. Préface des *Premières Méditations*, écrite en 1849.
(2) Hans Larsson : *La Logique de la Poésie*, pp. 90-91.

par instants, perçu les bruits de la vie nouvelle. Ces bruits ont frappé aussi les vieux murs, et, peu à peu, ils semblent revivre. La vision ancienne se dresse à la place du séjour délabré et froid. Une image se substitue à l'autre, le nid d'autrefois, plein de rayons et de murmures. Le souvenir crée, recrée. Il enfonce dans l'ombre le présent triste, fait revivre et bruisser la vieille demeure. Une fois encore, nous entendons les appels joyeux, nous sommes à nouveau aux anciens jours (1.)

> Quand la maison vibrait comme un grand cœur de pierre.
> De tous ces cœurs joyeux qui battaient sous ces toits.
>
> On eut dit que ces murs respiraient comme un être
> Des pampres réjouis la jeune exhalaison ;
> La vie apparaissait rose, à chaque fenêtre,
> Sous les beaux traits d'enfants nichés dans la maison.
>
> Et les bruits du foyer que l'aube fait renaître,
> Les pas des serviteurs sur les degrés de bois,
> Les aboiements du chien qui voit sortir son maître,
> Le mendiant plaintif qui fait pleurer sa voix,
>
> Montaient avec le jour ......

L'évocation continue ; le travail du souvenir se poursuit, et réveille tout : départs, adieux ; printemps après printemps, tout l'envol du nid. Puis les vols sournois de la mort.

Alors, la maison s'affaisse peu à peu, dans l'ombre lente.

> Puis la maison glissa sur la pente rapide
> Où le temps entasse les jours ;
> Puis la porte à jamais se ferma sur le vide,
> Et l'ortie envahit les cours.

****

Le souvenir, en réveillant les anciens bonheurs et les anciens deuils, fait se lever aussi la jeune espérance. Au stade où en est maintenant le poète, il faut dépasser le temps, dépasser la vie, dépasser la mort, s'établir sur quelque plage sereine où ne passera plus la grande ombre triste des jours. Nous avons vu ce mouvement esquissé dans *Milly* : un appel, une confiance, une foi. Ici, dans

---

(1) « O temps ! tu n'existes pas ! tu n'es que le vide de ce qui n'est pas encore, « attendant ce qui doit être. Aussitôt que ce vide est rempli, il n'y a plus de temps; « à quoi mesurer ce qui n'est plus ? » Lamartine : *Nouvelles Confidences*, II, p. 24.

l'ultime crescendo de la douleur qui n'a cessé de torturer le poète, le crescendo de la suprême exigence. Etre à nouveau ce qu'on fut autrefois, *tout* ce que l'on fut autrefois. Nous avons dit cette attitude exceptionnelle de Lamartine . Il recrée l'avenir tout à fait sur le modèle du passé. Il ne veut rien supprimer, rien laisser perdre, de ce qui fut, un instant, lui. La plupart des hommes désirent autre chose, voudraient effacer les heures tristes. Lamartine retient tout le passé. Que Dieu le rende tel qu'il fut, sans y rien changer.

> A ta magnificence, ô Père, je me fie :
> Tu rends cent mille fois ce qu'on te sacrifie,
> Mais de plus qu'ici-bas je ne demande rien.
> D'autres rêvent leur ciel ; mais moi j'ai vu le mien. (1)

Dans *La Vigne et la Maison*, le désir si souvent exprimé s'affirme encore plus fortement. Du mouvement naturel de l'être blessé qui cherche le baume, le poète se tourne vers Dieu, le suppliant de faire que s'édifie à nouveau le nid.

Dans le monde immense où s'élèvent tant de chaudes collines, il demande une humble place.

> Toi qui formas ces nids rembourrés de tendresses,
> Où la nichée humaine est chaude de caresses,
>   Est-ce pour en faire un cercueil ?
> N'as-tu pas, dans un pan de tes globes sans nombre,
> Une pente au soleil, une vallée à l'ombre
>   Pour y rebâtir ce doux seuil?
>
> Non plus grand, non plus beau, mais pareil, mais le même.
>
> Toi qui permets, ô Père, aux pauvres hirondelles
> De fuir sous d'autres cieux la saison des frimas,
> N'as-tu donc pas aussi pour tes petits sans ailes
> D'autres toits préparés dans tes divins climats ? (2)

(1) *Jocelyn.* 15 août 1795.

(2) Après avoir lu *La Vigne et la Maison*, Michelet écrivait à Lamartine : « *Lord* « *of my heart*, vous m'avez fait pleurer à chaudes larmes, et tout le monde pleure. « Pourquoi écrivez-vous ces choses, vous, le bien-aimé de Dieu, tant aimé des hommes ? « Jamais, depuis les *Méditations*, vous n'avez donné un tel coup d'archet. Je vous « serre tendrement la main. » Cité par André Lebey : *Lamartine dans ses horizons*, p. 445.

TROISIÈME PARTIE

Puissance d'idéalisation du souvenir chez Lamartine.

« D'autres toits », pour un autre nid, semblable. Tel est l'ultime vœu du poète, tel est le dernier mot de cette hantise du souvenir qui n'a cessé d'occuper Lamartine.

Jeune encore, dans la douceur de la gloire naissante, il s'était tourné vers le passé et avait écouté la voix des jours qui déjà pleurait en lui. *Méditations, Nouvelles Méditations*, avaient posé les premières pierres de l'édifice qui s'élèverait bientôt à la gloire du souvenir. Ce fait, par sa constance, aussi bien que par la qualité de l'émotion qui s'y révèle est, je crois, unique. Parfois, sa poésie semblait s'étendre dans le proche avenir, l'appeler, le dessiner ; elle semblait marcher avec toutes les idées nouvelles que le plus frémissant des siècles ne cessait d'apporter. Mais les plis des anciens jours se voyaient dans la trame nouvelle. Il sentait ou devinait les nouveaux espoirs. Il captait toute la beauté éternelle du monde ; sa poésie était jeune, mobile , vibrante de tous les espoirs pressentis. Mais la tendre verdure des feuilles qui tremblaient dans les nouveaux rayons prenait toute la sève lentement accumulée dans les assises profondes du sol.

La poésie de Lamartine apportait successivement au jour tous les matins évanouis qui avaient chanté dans les chênes séculaires de Milly (1). Son enfance heureuse et éblouie n'a cessé d'éclairer toute

---

(1) « Pour une œuvre de cette nature, la recherche des sources au sens étroit du « mot est vaine...... La « source » véritable est dans sa vie sentimentale. Mais comme « pour traduire poétiquement les émotions qui fermentaient en lui, il lui fallait des « idées, des images....., il lui est arrivé d'utiliser... les lectures de ses jeunes années. « Il est arrivé aussi que son émotion n'était pas purement individuelle et n'était que « la résonance en lui de quelque état général de sensibilité d'une génération précé- « dente ou contemporaine. » G. Lanson. Lamartine : *Œuvres*, t. I. *Ed. des Grands Ecrivains. Avertissement*, p. III.

son existence. Comme la raie lumineuse rend vivantes les poussières mortes, un rayon lointain venu du foyer jamais éteint de son enfance donne leur éternelle lumière aux heures tristes de sa vieillesse. Le souvenir, chez lui, a sans cesse puisé aux assises originelles les éléments de sa poésie.

Tous les hommes possèdent la mémoire, magasin où s'accumulent les faits essentiels de leur vie, et une fois ou l'autre, nous y puisons tous. Lamartine, lui, est tout entier *souvenirs*. Je veux dire que la mémoire a eu toujours, chez lui, spontanément, un pouvoir d'idéalisation et de création. Sa mémoire n'a jamais été le simple pouvoir de rappeler les images anciennes, telles qu'elles avaient, une fois, été. Elle semble avoir été comme une forme de sa sensibilité, le résultat d'un travail que sa sensibilité, involontairement, inconsciemment, n'a cessé de faire. Chez lui, cette faculté qui sentait bien, sans doute, le mal, le laid et toutes les possibilités de déviation, était comme incapable de les retenir, et immédiatement les transformait. Je ne crois pas qu'on puisse rencontrer un autre poète qui ait eu, à ce degré, une puissance d'idéalisation si persistante, si universelle. A suivre son œuvre et sa vie, on reste confondu devant cette extraordinaire faculté.

Par une tendance native de sa nature, il est dans l'impossibilité de percevoir la vie et le monde tels qu'ils sont : « Jamais poète n'eut « les yeux plus purs ni l'imagination plus belle, disait Brunetière. « Je ne veux pas dire plus puissante ou plus plastique ; *je crois que* « *je veux même dire le contraire* ».

Et l'observation est vraie: Nulle imagination ne fut moins plastique que la sienne. Sa vision est déjà déformation, le devient do ce simple fait qu'elle s'exerce par ses organes exceptionnels. Tout, chez lui, devient immédiatement souvenir, est immédiatement souvenir, parce que, rencontrant en lui une tendance émotionnelle qui a comme envahi tout le champ de sa vie, toute perception et toute conservation sont, chez lui, une originelle et primitive création. C'est un travail qu'une fois ou l'autre nous faisons tous. Chacun de nous possède cette faculté pour quelque domaine de sa vie ; nous avons tous quelque point sensible à l'excès, douloureux peut-être, qui déforme spontanément la réalité. Et c'est ce point, divers en chaque être, qui fait l'originalité créatrice, la marque même d'une sensibilité sur le spectacle uniforme du monde.

Mais Lamartine a, comme modifiées et modifiantes, toutes ses facultés réceptives. Qu'il s'agisse de sa prose ou de ses vers, ouvrez au hasard le livre, lisez une page, et jugez. Un rythme étrangement calme, apaisé, *éternisé*, semble déjà arrêter ou transformer la sensation ardente des choses, le mouvement capricieux et fébrile de la vie. Effet ou cause, ce rythme divin auquel on ne résiste pas ? Je ne sais (1).

Là est la question, la véritable question qui saisirait dans son origine le fait mystérieux de l'inspiration. Il semble bien que le rythme soit antérieur à tout, le signe même de la vie, et sa première manifestation. L'universalité du rythme est maintenant reconnue, et, de l'amibe au soleil, tout semble bien avoir une force propre de propulsion et de répulsion, une sorte « d'explosion énergétique » constante qui est comme le balancier de sa vie. Le rythme existe, antérieur à tout, par le fait même de la vie.

Il n'y a pas d'énergie, d'activité, qui lui soit antérieure ; et à suivre sa progression constante, ses manifestations de plus en plus complexes, délicates et subtiles, on arrive à ce rythme humain qui diffère d'un individu à l'autre. Les appareils enregistreurs le montrent aujourd'hui, et les cylindres ne tracent jamais deux courbes ayant même formule.

Or, un tempérament poétique, c'est un système de rythmes. « En réalité, l'art de l'écrivain consiste surtout à nous faire oublier « qu'il emploie des mots. L'harmonie qu'il cherche est une cer- « taine correspondance entre les allées et venues de son esprit et « celles de son discours, correspondance si parfaite que, portées « par la phrase, les ondulations de sa pensée se communiquent à la « nôtre et qu'alors chacun des mots, pris individuellement, ne « compte plus : il n'y a plus rien que le sens mouvant qui traverse « les mots, plus rien que deux esprits qui semblent vibrer direc- « tement sans intermédiaire, à l'unisson l'un de l'autre. Le rythme « de la parole n'a donc d'autre objet que de reproduire le rythme « de la pensée ; et que peut être le rythme de la pensée, sinon celui « des mouvements naissants, à peine conscients, qui l'accom- « pagnent ? Ces mouvements, par lesquels la pensée s'extérioriserait

(1) Cf. J.-M. Guyau : « Pour comprendre un paysage, nous devons *l'harmoniser* avec « nous-même..... Nous devons introduire dans le paysage une *harmonie* objective, y « tracer certaines grandes lignes, le rapporter à des points centraux, enfin le systéma- « tiser. Les vrais paysages sont aussi bien au dedans de nous qu'en dehors. » *Pages choisies*, ouvrage cité, p. 65.

« en actions, doivent être préparés et comme préformés dans le
« cerveau. C'est cet accompagnement moteur de la pensée que nous
« apercevrions sans doute si nous pouvions pénétrer dans un cer-
« veau qui travaille, et non pas la pensée même » (1).

Ainsi donc, comme nous le disions, un tempérament poétique,
c'est un système de rythmes ; un pouvoir de réceptivité qui transforme le monde suivant ses lois propres, persistantes, invincibles,
auxquelles il semble impossible de résister (2).

*
* *

Aujourd'hui, une certaine technique de l'intelligence ; une affi-
nité plus grande de toutes les puissances critiques et logiques,
peuvent bien arriver, sans doute, à modifier la forme et la force primitives de cette universelle domination du rythme physiologique,
fatal, au début, quand aucun contrôle intellectuel ne venait le modifier. Mais, outre que ce contrôle ne peut pas modifier complètement
les lois originelles et laisse toujours persistant quelque chose d'elles,
il y a encore ceci : que certaines natures d'artistes, certains tem-
péraments créateurs, ne veulent pas faire jouer leurs facultés critiques contre le mode de réceptivité qui leur est propre. « Ils
chantent, justement, comme ils respirent » ; ils réagissent aux excitations du monde avec la spontanéité et la fatalité que nous y appor-
tons tous, sans doute, dans les sphères les plus humbles de la vie.
Mais dans la création artistique qui est, pour la plupart, un second
moment, une reprise modifiée de ce que donna spontanément la sensation, dans la création artistique, dis-je, certains ne franchissent
jamais la barrière, ne veulent jamais arriver au second moment
transformateur... ou déformateur.

Si, alors, leur œuvre était chaotique, informe, incohérente, nous
ne nous occuperions pas d'eux, et les laisserions dans la classe des
êtres intéressants en ceci : qu'ils manquent de quelque faculté que

(1) Bergson : L'énergie spirituelle, pp. 49-50.

(2) « Ce serait une erreur de croire que nos états affectifs ou représentatifs soient
« par eux-mêmes inertes et qu'il faille y ajouter quelque chose pour qu'ils deviennent
« moteurs. En d'autres termes, il n'y a pas dans la conscience d'états qui soient uni-
« quement des constatations ; tous s'accompagnent de mouvements, et par suite de
« tendances. » Luquet : Idées générales de psychologie. Paris 1906, p. 84. Cité par Marcel
Jousse : Etudes de psychologie linguistique : Le style oral, rythmique, p. 4.

la plupart des hommes possèdent, mais, assurément, aucun problème esthétique ne se poserait à leur sujet.

Or, justement, pour quelques-uns d'entre eux, un problème, *le problème esthétique* se pose à leur sujet ; et parmi eux, le premier et le plus grand de tous, est bien Lamartine. Lisez *Le Vallon*, *l'Isolement*, *Le Lac*, *l'Automne*, *le Crucifix*, *la Vigne et la Maison*, etc... etc..., lentement, en vous prêtant au rythme, en laissant pénétrer en vous ce rythme originel dont est né le poème. Et voyez s'il n'y a pas chez vous comme une modification physiologique, une faculté de sentir, de réagir et d'exprimer, différente de celle que vous aviez au début. L'harmonie et la musique agissent ici avec leur pouvoir propre ; elles modifient pour quelque temps la réceptivité et les réactions individuelles. On peut résister à tout. On se défend de la force logique d'un raisonnement ; on peut résister à la beauté d'une image, à sa force, en s'empêchant de saisir l'évocation synthétique qu'elle représente. Mais on ne résiste pas à la puissance du rythme, de l'harmonie, de la musique, parce qu'ils vont éveiller, par delà toutes nos volontés de surface, éphémères et fragiles, les longs et lents échos de nos tendances physiologiques les plus profondes, les plus mystérieuses, les plus indestructibles aussi, parce que, originelles et essentielles, elles sont la réaction même de la cellule vivante que nous sommes, de l'amas de cellules vivantes que nous sommes d'abord et irrémédiablement. « Seul le son peut expri-« mer la profondeur d'un sentiment, parce qu'il suggère la vie infi-« nie du cœur dans l'infinie résonance de la mélodie » (1).

*
* *

Que Lamartine ait eu spontanément le don de transformer tout en harmonie, rythmes divins, musique et poésie, c'est en même temps que le fait incontestable, le fait inexplicable. C'est le mystère éternel du génie et de l'inspiration.

D'autres le sont à de certains moments, sur de certains sujets. Lamartine, lui, l'est toujours ; il est toujours comme en état d'inspiration, si l'inspiration est le don de répondre à toutes les excitations

---

(1) E. Zyromski : *Eugénie de Guérin*, p. 191. Cf. Lamennais : « Le poète ne parle « pas, il chante : cette expression est de toutes les langues. » *De l'Art et du Beau*. p. 225.

du dehors ou du dedans, dans une forme musicale, harmonieuse, poétique.

Que, de là, lui vienne ce pouvoir d'idéalisme que nous avons signalé ; qu'il déforme involontairement le monde pour en faire un système d'harmonies ; et que, de la diversité primitive, chaotique parfois ; que des oppositions que présente si souvent la vie, il fasse, par sa sensibilité exceptionnelle, un système de sensations toutes harmonisées et musicales, là est sa force, sa grandeur inexplicables. Et que le monde entier, en passant par cette sensibilté, fonde les éléments divers qui le constituent, perde ses aspérités, et ne nous donne comme résultat que des impressions de paix, de beauté, de tendresse, d'harmonie, cette série de faits et de constatations, dis-je, laisseraient supposer, comme origine des mondes, quelques-uns des beaux mythes de Platon, qui peut-être ne savait pas si bien dire (1).

« Le pouvoir du rythme, c'est la supériorité du temps ordonné,
« la victoire de l'ordre sur le désordre ; ordre qui économisant notre
« effort et enchaînant notre attention nous rend dociles et prêts à
« sympathiser ; envahis par le cours rythmé du temps, nous subis-
« sons ses élévations et ses abaissements, et les sentiments qu'il
« schématise pénètrent en nous (2).

*
* *

« Sa sœur présente un jour à Lamartine une jeune fille qui dési-
« rait quelques lignes de lui sur son album. Lamartine prend une
« plume et, sans se donner un moment pour réfléchir, sans s'arrêter
« une seconde, il écrit ces beaux Balancements..., ces coutumiers
« anapestes, dignes de faire l'objet d'une intéressante étude spé-
« ciale :

> Le livre de la vie est le livre suprême,
> Qu'on ne peut ni fermer, ni rouvrir à son choix ;
> Le passage attachant ne s'y lit pas deux fois,
> Mais le feuillet fatal se tourne de lui-même ;
> On voudrait revenir à la page où l'on aime,
> Et la page où l'on meurt est déjà sous vos doigts.

(1) Voir Platon : *Phèdre ou de la beauté des âmes*, traduction Mario Meunier, pp. 76-82. Voir aussi : Robert de Souza : « Un débat sur la poésie » dans *La poésie pure*, d'Henri Brémond, pp. 272 et suivantes.

(2) Henri Delacroix : *Psychologie de Georges Dumas*, p. 305.

« Puis, ces vers terminés, il les tend d'une main nonchalante à
« sa sœur, qui les lit, et, stupéfaite de leur beauté et de son air
« d'insouciance, ne peut s'empêcher de s'écrier : Mon Dieu, par-
« donnez-lui, il ne sait pas ce qu'il fait ». Telle était, en effet, la faci-
« lité de Lamartine qu'elle ressemblait à de l'inconscience » (1).

« L'homme qui sent en lui, et ne sait d'où elle vient, la force
« de créer..., le besoin d'enchaîner les mots et les pensées selon
« des rythmes harmonieux, sans que parfois sa volonté consciente
« y semble participer le moins du monde, se croit sous l'empire
« d'une puissance supérieure à la sienne, qui s'est emparée de lui,
« et parle par sa bouche. C'est l'inspiration au sens le plus fort du
« mot » (2).

*
* *

A suivre les mailles de plus en plus serrées du filet que la
science moderne jette sur le monde, on arriverait à d'étranges constatations, à des conclusions bizarres et inattendues. Le cas de Lamartine ne serait pas pour nous empêcher de poser ces conclusions, ni
pour nous gêner, au contraire.

La mémoire ne semble être, aujourd'hui, pour les psychologues,
qu'un aspect particulier, un domaine spécial dans le champ infini
du domaine du rythme. La conservation des faits ; les lois de rappel
et de reviviscence, obéissent à des lois mal connues encore, mais
qui semblent incontestables. Laplace a dit : « Les découvertes con-
« sistent en des rapprochements d'idées susceptibles de se joindre
« et qui étaient isolées jusqu'alors ».

On sait depuis longtemps combien le rythme, une répétition
harmonisée de certaines paroles, membres de phrases, identiques,
est un secours précieux pour la mémoire. La pédagogie la plus
moderne, rejoignant en cela la plus ancienne, l'applique dans l'en-
seignement des tout petits.

« L'activité motrice est la réponse que l'homme et l'animal font
« aux excitations incessantes venues du dehors ou du dedans ».
(Ribot). « A chaque excitation, jaillit l'étincelle : l'explosif détone,
« et... le mouvement s'accomplit ». (Bergson). Or, « les actes, les

____

(1) Legouvé : *Soixante ans de souvenirs*, t. IV. Cité par Marcel Jousse : *Le style
oral rythmique...*, p. 227.
(2) Marcel Jousse, p. 229.

« gestes d'un être vivant, une fois accompli, tendent à s'imiter eux-
« mêmes et à se recommencer automatiquement ». (Bergson).

Automatiquement, c'est-à-dire suivant la loi fatale du moindre
effort, en obéissant à ces mouvements rythmiques, les premiers appa-
rus, les derniers à disparaître dans l'organisme (1).

« On peut admettre avec Herbart que tous les gestes ont une
tendance à se conserver, à subsister dans la conscience, et qu'ils ne
rencontrent en cela d'obstacle que dans l'apparition d'autres gestes
ayant la même tendance ; tous, ils reviennent d'eux-mêmes, dès
qu'ils ne sont plus refoulés par les autres »... « Même lorsqu'une ges-
ticulation paraît entièrement oubliée, il ne faut pas la considérer
pour cela comme tout à fait disparue ; elle est sous le seuil de la
conscience, et, si l'occasion s'en présente, peut revenir à la lumière ».
(Höffding). « Les souvenirs ne sont que des reviviscences gestuelles,
des récitations plus ou moins complètes de réceptions passées que
nous nous faisons à nous-même » (2).

La mémoire est la connaissance du passé, « et l'utilisation du
« passé... ; elle est l'invention de conduites particulières relatives à
« l'absence, destinées à triompher des objets absents et des hommes
« absents » (3).

« L'acte de mémoire est inséparable du *récit*, élément essentiel
« de la lutte contre l'absence... « Le récit est un acte qui a un but
« précis, il consiste à faire faire par des absents ce qu'ils auraient
« fait s'ils étaient présents » (4).

« Si faire l'acte de mémoire, c'est réciter, on aperçoit quels
« liens unissent la psychologie de Pierre Janet et les théories du
« R. P. Marcel Jousse : le style oral et rythmé apparaît lorsque le
« récit devient description » (5).

Or, si nous revenons à Lamartine, nous constatons que « le poète
du souvenir » est aussi celui dont le rythme est le plus spontané, le

---

(1) Cf. « La tendance au rythme est une manifestation primaire du cerveau
« humain. » ...... « Le rôle du rythme peut se déduire de la verve de certains ivrognes
« et des affirmations spontanées de divers aliénés...... La notion de cadence musicale
« est souvent la seule persistante chez ces malheureux. » Antheaume et Dromard. Cité
par Marcel Jousse, p. 19.

(2) Ces diverses citations sont empruntées aux premiers chapitres du livre de
Marcel Jousse : *Le style oral, rythmique....*

(3) Pierre Janet : *L'Evolution de la mémoire*, p. 231.

(4) Pierre Janet, p. 222.

(5) Henri Gouhier : *Nouvelles littéraires.*

plus naturel, le plus originel, le plus physiologique, en un mot. La rencontre de ces deux faits n'est pas due au hasard, et il y aurait là une loi à découvrir : Que le même poète ait été à la fois celui qui a eu ce rythme infaillible dont nous parlons, et celui dont la poésie se nourrit le plus de passé et de souvenirs ; qu'à vouloir définir cette poésie, la séparer de toutes les autres, on s'aperçoive qu'il faut sans cesse revenir à son rythme et à la richesse exceptionnelle des souvenirs qu'elle évoque, ces faits, dis-je, et leur rencontre, pourraient engager dans une voie féconde le problème de l'inspiration.

« Lamartine, au sens du lyrisme physiologique, est, parmi les « poètes de notre langue, le type même et comme la personnification « du génie. Il est le grand lyrique dont la voix épanche et propage « ces ondes pathétiques du jouir et du souffrir sur lesquelles s'est « dressée, parmi les premiers balbutiements du moi, dans le miracle « du fait de conscience, l'apparition de Psyché. Des pièces comme « *Le Lac, Le Vallon,* etc... répondent avec une pureté parfaite de « signification à ce qu'il faut attendre du poète en tant qu'organe « d'une fonction biologique reconstituée, en tant qu'interprète de la « sensibilité sous ses formes profondes » (1).

« L'art, la poésie, sont les moyens secrets par lesquels il est « possible... de rompre la solitude, de restituer le passé dans le « présent » (2).

Nous avons dit : « Etre, vivre, c'est se connaître ; et se connaître, c'est se reconnaître ». C'est retrouver en soi, à chaque minute, la persistance identique de ce que nous fûmes ; c'est accrocher cette minute à une autre, qui ne l'explique pas complètement, puisque le propre de la vie est d'être nouvelle et imprévisible, mais qui la situe dans la durée, anneau infime, mais indispensable de la chaîne du temps où montent et s'abaissent tour à tour des faits, des états de conscience, joies et souffrances, qui, tantôt au premier plan, tantôt relégués dans l'ombre lointaine de la mémoire, sont le résumé, l'essence, de ce qui fut un moment la vie, et la condition indispensable de ce qui sera demain la vie.

« Le temps détruit, a-t-on dit, et le temps construit ». Le temps, c'est-à-dire cette chose qui dans l'éternité immobile arrive à être

(1) Jules de Gaultier : *La vie mystique de la nature,* p. 174.
(2) Jules de Gaultier. *Mercure de France.* 1er mars 1927. *Une philosophie du Mystère.*

sentie comme un écoulement, un mouvement dans un sens déterminé, parce qu'il y a quelque part, dans l'espace immense, des yeux, des sens, âme, intelligence, qui recueillent successivement et sans arrêt le spectacle intemporel du monde. Et par cette conscience mise dans l'espace, tout ce qui *est* et qui serait bientôt simplement ce qui *fut*, chose évanouie dont rien ne reste, tout ce qui est et *fut*, *est encore*, vivant comme sur les bords mêmes du temps, mêlé encore à tout le réel, à la surface réceptive et poreuse de l'être, ou enfoncé plus bas, dans des plans comme arrêtés, mais qui peuvent, eux aussi, par le souvenir, se mêler encore à la vie et à l'éternelle création.

***

Le souvenir surgit, à un moment, le souvenir, minute tombée dans la nuit des temps, et qui donne par sa réapparition un sens, une tangible durée, au déroulement anonyme. Le temps ni ne construit, brusquement, ni ne détruit, c'est le souvenir ; c'est la brusque réapparition d'un fait depuis longtemps évanoui qui, surgissant à nouveau dans le présent tangible, dresse le passé, le reconstruit soudainement, édifice immense, venu des temps lointains sur les bords présents du temps, avec ses fenêtres largement ouvertes qui laissent voir, à l'intérieur, des clartés éblouissantes et de mystérieux recoins d'ombre.

Alors, naît en nous l'idée du temps. Le souvenir dresse soudainement devant nous, le Temps (1). Et dans ce temps que nous percevons globalement, en une intuition rapide, en touchant comme simultanément deux secondes de notre vie, dans ce temps apparaissent aussi des trous d'ombre et des taches lumineuses. Et par cette évocation qui met d'emblée le passé près du présent ; par cette construction nouvelle qui vient se placer en un mouvement sans durée dans ce temps présent où nous vivons, nous voyons que le temps n'est que le vide mis entre ces deux moments, que ce n'est pas lui qui, ici, construit. C'est le souvenir qui réveille, révèle, éclaire le passé. Lamartine parle sans cesse de « la lampe du souvenir ».

(1) « Le temps n'apparaît à notre avis qu'un peu plus tard...... Il apparaît à « l'époque de la formation des sentiments...... Le commencement du temps est un « sentiment plus ou moins vague. Ce sentiment primitif doit se rattacher plus ou « moins au phénomène de l'effort...... Le premier effort qui a rapport au temps, « c'est l'effort de continuation. » P. Janet : *L'Evolution*....., I, pp. 154-155. Et *Amiel* :
« Le temps n'est que l'espace entre nos souvenirs. Dès que nous cessons d'apercevoir cet espace, le temps a disparu. »
Journal, T. I, p. 225.

Jamais image ne fut plus vraie : un projecteur qui fouille le ciel immense et noir, mais ne le fouille et ne l'éclaire que par endroits. Comme pour Marcel Proust le goût de la madeleine trempée dans le thé, le souvenir réveille le passé, mais pas tout le passé, une tranche de vie lumineuse qu'entoure la vaste nuit.

La plupart des hommes, pris par la vie présente, dispersés par l'activité immédiate et nécessaire, se contentent de cela : quelques sommets rayonnants dans l'espace noir du passé. Ils n'en demandent pas davantage, et ne cherchent pas à faire réapparaître autre chose.

Mais Lamartine, lui, ne s'en contente pas : le goût de la madeleine a réveillé non seulement le passé, mais l'amour du passé, un amour irrassasiable, infini, qui va comme s'épuiser à fouiller le ciel, tout le ciel.

Lamartine *travaille* sur le souvenir ; il épuise la riche synthèse qu'il est toujours, pour en mettre comme à nu les éléments constitutifs. Et ces éléments réapparus prennent immédiatement place dans d'autres constructions nouvelles que le poète édifie successivement. Ainsi, il arrive à reconstituer des tranches immenses de passé, presque tout le passé.

Et cette force, cette hantise du souvenir, viennent, justement, à Lamartine, de la tendresse, de la douceur, de la joie toujours nouvelle que fut son enfance. Il nous l'a dit : jusqu'à dix ans, il n'eut autour de lui que tendresse et amour. La saveur de cette enfance, fut telle qu'il ne l'oublia jamais. Il a tellement aimé ce passé, maison, mère, sœurs, collines, bois et vigne qu'instinctivement, pour les défendre, les faire durer, les faire vivre, il revient vers eux, et les fait revivre. *Le temps perdu*, mort à tout jamais, il le *retrouve* lui aussi, le fait revivre et vivre par le miracle de l'art, la beauté *tangible* de sa poésie (1).

Or, il est trop évident que ce retour constant, ce travail sans cesse repris sur le souvenir, change et modifie le passé. Il le transforme inconsciemment, par le seul fait qu'il le vit sans cesse. Le passé n'est pur, intact, intouché, que dans la minute de sa réapparition soudaine. Comme le remarquait très justement Armand

____

(1) « Eugénie de Guérin écrit, en feuilletant des papiers pleins de son frère : « Ces « choses mortes me font, je crois, plus d'impression que de leur vivant, et le ressentir « est plus fort que le sentir ». Cité par J.-M. Guyau. *Pages choisies*, p. 26.

Pierhal, c'est grâce à *l'oubli* qu'on conserve inaltérée l'image du passé. Elle s'est comme enfoncée dans un coin insondé de la mémoire, seule, en dehors de toute influence déformatrice. Que par l'effet d'une de ces circonstances que présente toujours la vie, elle vienne, revienne, soudainement à la claire conscience, elle y est, quelques instants, pure, intacte, en rien altérée. Mais le fait de la laisser vivre longtemps au même plan que la vie actuelle va, peu à peu, la transformer. Le passé n'est identique à lui-même qu'à la condition d'être *oublié*. Dès qu'il revit, il *vit*, c'est-à-dire change, se modifie. Le temps est irréversible et ne se recommence pas.

A revenir sans cesse sur le passé, on en fait le présent, chose vivante, et, si l'on est créateur, on en fait l'œuvre d'art. Durant toute sa vie, Lamartine ne fait pas autre chose. Son imagination créatrice vient de son amour du passé, du travail qu'il fait sans cesse sur lui. Pour lui, tout passé devient *souvenir*, synthèse complexe où entrent amour, regret, nostalgie ; un halo de sensibilité déformante le transforme sans cesse.

Qu'importe ? aurait répondu le poète. Si de la chose morte, je fais la chose vivante et belle qui rend plus douce la vie présente, n'est-ce pas la meilleure, la seule utilisation de ce passé qui, sans cela, ne serait rien, ne servirait à rien. Ainsi donc, la nature du souvenir, ou, plutôt le souvenir même dans ce qui le constitue essentiellement, permet de résoudre la question de la sincérité de Lamartine.

Il est trop certain que les détails nombreux, partout prodigués, sur son enfance, dépassent l'apport de la simple mémoire. Il y a toujours, ou presque, souvenir, donc création (1). A vivre dans le temps présent, le souvenir devient un état de conscience mêlé à tous les autres, et qui reçoit, comme eux, des déformations successives. Et ce fait se complique encore, quand un parti-pris d'observation et d'étude penche sans cesse les facultés actives et critiques sur le souvenir. L'attention exclusive donnée à cette image du passé la déforme plus encore. On la fait être peu à peu ce qu'on veut qu'elle soit ; involontairement, on l'adapte à ses rêves. Si, comme nous l'avons dit, Lamartine modifie, idéalise même la réalité immédiate, palpable, que devait-il faire sur le passé et le souvenir, quand ses facultés créatrices n'étaient par rien gênées ? Le présent solide qui soudainement

____

(1) « Il doit y avoir jusque dans le souvenir quelque élément d'art. Au fait, le « souvenir offre par lui seul les caractères qui distinguent, selon Spencer, toute émo- « tion esthétique. C'est un jeu de l'imagination. » J.-M. Guyau : *Pages choisies*, p. 23.

se dresse devant nous avec sa force invincible et éloquente peut arrêter un désir trop grand d'idéalisation. Mais avec le passé, l'artiste retrouve tous ses droits et toutes ses possibilités. Nul contrôle, nul démenti. Dans la moiteur douce de la calme nuit, le poète déploie ses ailes. Il sait l'espace libre et s'y donne sans réserve. La fantaisie de son vol n'est par rien gênée, et il en profite largement.

Mais n'est-ce pas ce que font plus ou moins tous ceux qui écrivent mémoires et souvenirs ? Et n'y a-t-il pas une impossibilité réelle à peindre le passé « tel qu'il fut » ? Il y a là, je crois, une contradiction interne. Qu'importe, pourtant ? Faut-il, pour ce culte du passé ; pour ce culte le plus incompréhensible qui fut jamais puisqu'il n'existerait qu'à la condition de tout ignorer de son objet, faut-il condamner le genre en général, et singulièrement, ici, Lamartine ? Il y a pourtant, chez lui, un fond de vérité incontestable. L'atmosphère de son enfance paraît bien avoir été celle qu'il a sans cesse décrite. « *Le manuscrit de ma mère* » évoque d'ailleurs les mêmes sentiments, souvent les mêmes faits. Et si là encore on veut reconnaître la main du magicien, quelques retouches à l'œuvre de sa mère n'auraient pas introduit cette constante ressemblance entre la poésie du fils et le journal de la mère, si la ressemblance n'avait d'abord existé. Les choses furent bien, dans l'ensemble et dans leur tonalité générale, telles que les a vues, et décrites plus tard, le poète. Sainte-Beuve écrivait une fois qu'il tenait de personnes ayant connu la mère de Lamartine lorsqu'elle vivait à Milly avec ses enfants, qu'il était impossible de voir cette famille sans penser aussitôt à une nichée de colombes.

Que tel détail précis, telle évocation qu'il veut rendre trop minutieuse ne soit pas exactement vraie, qu'importe, si est vraie, dans l'ensemble, cette universelle tendresse des êtres et des choses qui fait le charme de son enfance comme de toute enfance ? (1).

« Le souvenir est un poète, n'en fais pas un historien », a-t-on dit. Mais ici, une fois encore, la poésie ne serait-elle pas plus vraie que l'histoire ? Et ne faut-il pas dépasser le monde que voit notre

(1) « Le génie idéaliste de Lamartine doit beaucoup plus qu'on ne le dit souvent « à la réalité. Cette réalité le frappe par ses traits caractéristiques, qui désormais « s'imposent à lui. Il ne saurait les rejeter. » René Doumic : *Etudes sur la littérature française*. 6ᵉ série. *Elvire à Aix-les-Bains*, p. 189. 6 avril 1907. Et M. Des Cognets, dans le même sens : « Sa vision est très sûre et sa mémoire excellente. Il est toujours vrai « dans les généralités et ne modifie que les détails pour les embellir. » *La vie intérieure*....., pp. 227-228.

froide raison devenue si méfiante, pour retrouver le mirage enchanté qu'est essentiellement l'enfance ? La vérité de l'enfance, sa couleur propre, sont à ce point différentes de ce que nous apprend plus tard la vie, qu'il faudrait renoncer à tout jamais à parler d'elle, si certaines natures privilégiées, les poètes par définition, ne gardaient sans cesse cette merveilleuse faculté « d'oublier le monde réel pour suivre intérieurement les beaux songes » (1).

Grâce à eux, nous pouvons connaître encore la couleur des tendres heures disparues : l'enfance éternelle, toujours éblouie au spectacle du monde, et le voyant à chaque aurore avec cet enchantement, cette fraîcheur d'émotion que, par la suite, on retrouve si rarement...

Il faudra une complicité exceptionnelle des événements ; une bienveillance inaccoutumee des êtres et des choses, pour nous faire sentir, en de rares minutes, la griserie des printemps, la folle ardeur des sèves, la chaleur des nids, toutes beautés que l'enfant goûte sans cesse, comme son pain quotidien.

« En vérité, les seuls mots justes pour parler de la nature sont « ceux de sorcellerie, charme, enchantement ; ils caractérisent la « contingence des faits et leur mystère. Un pommier porte des « pommes parce qu'il est magique. L'eau coule parce qu'elle est « enchantée » (Chesterton).

« Dans nos brèves minutes d'art et d'extase, nous sentons de « nouveau ces prodiges oubliés pendant les longues périodes ternes, « à demi-mortes, de notre vie. Au poète, l'étrangeté, le caractère « unique, fragile et précieux de chaque chose ne cessent pas d'ap-« paraître, et de là son émerveillement perpétuel, ses sursauts, son « feu jaillissant d'énergie qui se communique à nous en impulsions « de vouloir » (2).

« Dans le Christianisme (3), je me retrouve comme dans l'en-« fance au jardin de mon père. Parce que les fourmis piquaient « quand il m'avait dit qu'elles piqueraient ; parce qu'une splendide « blancheur se posait sur la terre dans la saison où il m'avait parlé « de la neige ; parce qu'il y avait, comme il l'avait prédit, des fleurs « sur les arbres et puis des fruits, le monde m'était un pays de fées, « où, miraculeusement, se réalisaient des prophéties étonnantes » (4).

(1) Taine.
(2) André Chevrillon : *Nouvelles études anglaises.* Une apologie du Christianisme, p. 223.
(3) Parce qu'il est une doctrine dépassant l'ordre de la raison.
(4) Chesterton. Cité par André Chevrillon, p. 252.

*
* *

Une transformation... ou une résurrection, du réel par la poésie et le souvenir est donc comme fatale, et, en fait, s'est toujours produite, chez les romantiques, et chez les parnassiens, dont le haut relief, les couleurs vives, donnaient au passé et au mystère des jours des teintes éclatantes qu'ils n'eurent sans doute jamais. On l'a remarqué très justement, et M. Baldensperger compare ce cas « d'hallucination du passé » avec l'imprécision que d'autres poètes apportent, volontairement ou par impuissance à ne le faire pas, dans la vision comme effacée du passé. Dans la brève, mais si vivante étude qu'il a consacrée au poète Charles Guérin, et par l'intelligente sympathie qu'il témoigne à une œuvre trop méconnue, M. Baldensperger donne à un fait qui aurait pu passer inaperçu, l'importance qu'il méritait (1).

« Le choix du détail significatif se perfectionne chez lui, écrit-il,
« mais il excelle vite à suggérer, si sa plume trace un tableau, que
« les reliefs et les ombres y manquent : en somme, à nous donner
« une impression d'estampe, de teintes plates, d'imagerie très sim-
« plifiée et de gravure élémentaire. Et cette suppression du relief
« des choses correspond, à vrai dire, à des états très réels de notre
« vision ; qui de nous n'en a éprouvé la sensation, à son insu, à
« regarder le soir les masses monochromes des collines, les toits
« d'une ville se détachant sur un ciel orange, le chemin de halage
« d'un canal sous ses arbres, des prairies bordées d'un ourlet de
« joncs, la verdure indigente qui couvre le revers d'une falaise » (2).

> Des visages fanés et des visions vagues
> Passent, rêves lointains, sur les murailles blanches...
>
> Vers l'heure où le jour s'atténue, où l'ombre ronge
> Le peu d'or qui tremblote encore au bord des arbres.
>
> *Charles Guérin.*

Et le critique ajoute : « Cette vision particulière... n'a pas une « importance seulement descriptive. Pour une âme qui sera surtout

> .... ivre de l'amertume,
> De ne pouvoir revivre ce qui fut ;

(1) *Charles Guérin et son œuvre lyrique,* par Fernand Baldenne. Bibliothèque des marches de l'Est.

(2) **Fernand Baldenne** : *Charles Guérin et son œuvre lyrique,* p. 10.

« pour un poète que sa sensibilité ramènera si souvent à contempler
« et à évoquer son propre passé et à se faire le suscitateur du sou-
« venir, il y a là une vertu toute spéciale. Cette faculté simplifi-
« catrice, par une transposition toute naturelle, opèrera encore dans
« le domaine de la vision intérieure, lorsqu'il s'agira de faire remon-
« ter jusqu'à la conscience les vestiges de naguère ou de jadis :

> Où, comme en un miroir, l'esprit qui se recueille
> O silence des soirs d'été, profonde paix
> Voit flotter l'horizon nocturne du passé.

« Qu'on y songe : les grands poèmes romantiques et parnassiens
« de la mémoire, « *Tristesse d'Olympio* », « *Souvenir* », « *L'Illu-*
« *sion suprême* », et « *Le Lac* » lui-même, sont plutôt, par leur
« forme, des hallucinations partielles que des réminiscences : je veux
« dire que le passé n'y est, à vrai dire, que du présent mis à l'im-
« parfait, et non cette chose incomplète et tronquée, réduite par le
« jeu obscur de la mémoire... Au contraire, dans toute l'œuvre de
« Guérin où il reparaîtra si souvent, le Passé n'est plus une figure
« qui revient et revit, obsédante comme un cauchemar, mais un
« personnage de légende et de rêve qu'on verrait se mouvoir dans
« un décor de « Pelléas et Mélisande » (1).

> Vous me chassez, il faut partir ; et je défaille.
> Quelqu'un dont le pas frêle égratigne le sable
> S'éloigne dans le parc : c'est le Passé qui passe
> Avec, au doigt, l'anneau terni des fiançailles.
> ....
>
> Passé, boîte à musique ancienne qu'on remonte......
> Et la musique lente et vieillotte enrubanne
> Nos songes que le jour hostile a déliés......

Charles Guérin.

On sent que l'esthétique symboliste est passée par là. Une évocation comme perdue dans la brume lointaine, un effacement des
couleurs pour ne retenir que les nuances à peine discernables, sont
les traits les plus communs de cette école. Mais si, dans la peinture,
aussi bien que dans la poésie descriptive, cette esthétique peut se
discuter, et a eu, en fait, de nombreux contradicteurs, elle est vraie
d'une grande vérité psychologique dans la poésie du souvenir.

---

(1) Fernand Baldenne : *Charles Guérin et son œuvre lyrique*, pp. 11-12.

Lamartine lui-même, d'ailleurs, l'a souvent pratiquée, et par l'harmonie et la musique de ses vers aussi bien que par le vague, le contour à peine indiqué de beaucoup de ses descriptions, il est parmi les ancêtres directs du symbolisme. Sa poésie du passé n'a pas toujours eu cette accumulation de traits, cette abondance de détails, qui se trouvent dans les pièces par nous étudiées. Nous avons à dessein choisi celles dont la vision nettement rétrospective, procède par énumération. Mais, répandue dans toute son œuvre, indiscernable presque, tant elle est mêlée à la trame même de sa poésie, on pourrait retrouver chez lui une évocation comme estompée du passé, vague, lointaine, et qui annonçait celle de Charles Guérin.

> D'ici, je vois la vie à travers un nuage,
> S'évanouir pour moi dans l'ombre du passé ;
> L'amour seul est resté, comme une grande image
> Survit seule au réveil dans un songe effacé.
> . . . .
>
> Repose-toi, mon âme, en ce dernier asile,
> Ainsi qu'un voyageur qui, le cœur plein d'espoir
> S'assied avant d'entrer, aux portes de la ville,
> Et respire un moment l'air embaumé du soir.
>
> *Le Vallon.*

> En vain le jour succède au jour,
> Ils glissent sans laisser de trace ;
> Dans mon âme rien ne t'efface,
> O dernier songe de l'amour.
> . . . .
>
> L'ombre de ce voile incertain
> Adoucit encor ton image,
> Comme l'aube qui se dégage
> Des derniers voiles du matin.
>
> *Souvenir.*

> Ainsi tout change, ainsi tout passe,
> Ainsi nous-mêmes nous passons ;
> Hélas ! sans laisser plus de trace
> Que cette barque où nous glissons
> Sur cette mer où tout s'efface.
>
> *Le Golfe de Baïa.*

De pareilles évocations, imprécises et vagues, abondent dans l'œuvre de Lamartine, et il faut même dire que c'est là sa manière la plus habituelle, la plus constante. Quatre ou cinq fois seulement, il a donné au passé ce mode hallucinatoire, et débordant que nous avons vu. Le plus souvent, il procède à la manière des symbolistes, et les exemples contraires ne sont là que pour nous donner une preuve nouvelle de l'exceptionnelle richesse de cette nature : il pouvait tout ce qu'il voulait : indiquer et rappeler à peine le passé, le laissant comme perdu dans la brume indécise où il vit habituellément ; ou bien, au contraire, le dresser, vision tangible et envahissante, telles les pièces par nous retenues. Mais dans un cas comme dans l'autre — et les deux sont justement pour cela nécessaires —, il est le représentant le plus complet, l'incarnation comme vivante de cette poésie du passé et du souvenir qui est sans doute « la poésie même ».

Il est celui qui n'a cessé d'accumuler en son âme, à mesure que passaient les jours, toutes les impressions de vie et de mort que le monde jette autour de nous. De tout cela , il s'est fait la plus inépuisable réserve de poésie qui fut jamais. Comme née de son souffle, une inspiration latente était en lui ; une inspiration, c'est-à-dire un pouvoir de laisser s'épancher quand il le voudrait, comme il le voudrait, dans la plus harmonieuse musique, tous les sentiments qui agitaient son âme mouvante. Sa poésie, brise divine, passait sur les êtres et les choses, leur apportant dans ses plus impalpables frissons les échos des lointains évanouis. Et à son contact, les larmes perdaient leur âcre saveur ; la joie devenait quelque chose d'infiniment doux, caressant et clair. Toutes les âmes s'attachaient à cette âme qui savait l'harmonie des choses éternelles (1). Dans l'espace immense, elle allait aux larges horizons où palpitent les invincibles espérances. Les étoiles l'appelaient, et d'un vol hardi, le poète cinglait vers les douces lumières... Car, séjour radieux d'innocence et de paix,

> Dans le calme des nuits, à travers la distance,
> Vous en versez sur nous la lointaine influence.
> Tout ce que nous cherchons, l'amour, la vérité,
> Ces fruits tombés du ciel, dont la terre a goûté,
> Dans vos brillants climats que le regard envie,
> Nourrissent à jamais les enfants de la vie ;

(1) « Il y a en général dans ses ouvrages une verve de cœur, une fécondité d'émo-
« tion qui le feront toujours adorer, parce qu'il est en rapport avec tous les cœurs. »
Vigny à Hugo, le 3 octobre 1823. Cité par Ed. Biré : *V. Hugo avant 1830*, p. 322.

Et l'homme un jour peut-être, à ses destins rendu,
Retrouvera chez vous tout ce qu'il a perdu... (1)

(1) *Les Etoiles*. On a une idée de la manière dont Lamartine utilise, en composant, la réalité, quand on compare, par exemple, au *Crucifix*, les lettres qui lui annoncèrent la mort d'Elvire. On possède celle du Docteur Alin qui assistait Madame Charles à son agonie, et celle d'Aymon de Virieu. Comme Lamartine, ce dernier n'avait pas été présent à la mort. Mais, plus heureux que son ami, il n'avait pas tardé à joindre les derniers témoins du drame, et il recueillit, pour l'amant désespéré, tous les renseignements : « Je voulais ne pas te faire tous ces détails, écrit-il à Lamartine ; j'ai « versé des larmes en les entendant, moi qui ne sais pas pleurer ; je craignais qu'ils « ne te fissent mal ; mais enfin tu les as demandés. »

En effet, « Lamartine a voulu tout savoir. Il a pressé de questions ceux qui, plus « heureux que lui, avaient approché la mourante ; il a gravé dans son esprit des « images réelles. Il savait que la souffrance avait respecté la grâce tant aimée de ce « visage...... Dans certains moments d'inattention où sa tête s'égarait, sa figure ne « recevait qu'une impression plus forte de son âme, l'expression de ses traits devenait « sublime, son regard avait quelque chose de surhumain et l'on restait frappé d'ad- « miration et de terreur...... Aucun de ses traits n'a été défiguré. Ses chairs sont « seulement devenues blanches comme de l'albâtre. Sa bouche était entr'ouverte, ses « yeux à demi fermés, et il y avait sur toute sa figure une expression céleste de dou- « ceur et de repos. »

« Comparez à ce passage de la lettre de Virieu les vers du *Crucifix* :

De son pieux espoir son front gardait la trace,
Et sur ses traits, frappés d'une auguste beauté,
La douleur fugitive avait empreint sa grâce,
La mort sa majesté......

Maintenant tout dormait sur sa bouche glacée,
Le souffle se taisait sur son sein endormi,
Et sur l'œil sans regard la paupière affaissée
Retombait à demi......

« Vous comprendrez alors...... comment Lamartine avait à peine eu besoin de « faire appel à la fiction. Par son âpreté à tout savoir, par l'intensité de son émotion, « il s'était fait le témoin de cette agonie. Il aimait, il était poète, il put chanter « Elvire au lit de mort, *en se souvenant.* » René Doumic. *Les derniers jours et la mort d'Elvire*, 7 octobre 1905. Recueilli dans *Etudes sur la littérature française*. 6ᵉ série, pp. 198-204-205.

Vu, le 4 Mai 1929 :   Vu et permis d'imprimer :

Le Doyen des Lettres de l'Université   *Le Recteur*
de Paris,   *de l'Académie de Paris,*

H. DELACROIX.   S. CHARLETY.

TABLE DES MATIÈRES

Imprimerie E. Jolibois, s. a. r. l., Bar-le-Duc.

www.ingramcontent.com/pod-product-compliance
Ingram Content Group UK Ltd.
Pitfield, Milton Keynes, MK11 3LW, UK
UKHW022113070726
13613UKWH00003B/1028